在南方醒来

叶城 著

Wake up
Again

江苏凤凰文艺出版社

图书在版编目（CIP）数据

在南方醒来 / 叶城著. —南京：江苏凤凰文艺出版社，2020.5（2024.11 重印）
ISBN 978-7-5594-4677-0

Ⅰ.①在… Ⅱ.①叶… Ⅲ.①散文集—中国—当代 Ⅳ.①I267

中国版本图书馆 CIP 数据核字(2020)第 044773 号

在南方醒来
叶城　著

出 版 人	张在健
责任编辑	孙建兵
责任印制	刘　巍
出版发行	江苏凤凰文艺出版社
	南京市中央路 165 号，邮编：210009
网　　址	http://www.jswenyi.com
印　　刷	江苏凤凰通达印刷有限公司
开　　本	880 毫米×1230 毫米　1/32
印　　张	7.625
字　　数	141 千字
版　　次	2020 年 5 月第 1 版　2024 年 11 月第 3 次印刷
书　　号	ISBN 978-7-5594-4677-0
定　　价	42.00 元

江苏凤凰文艺版图书凡印刷、装订错误可随时向承印厂调换

目　录

第一辑　诉说与尘埃

003　来历不明

036　三个祖父之死

072　在颜色深处张望

079　食指伤

097　一条鱼，在夜里死去

114　过完一个冬天

第二辑　南方及碎片

131　从新溪开始

142　从广州到台山

149　新洲是个岛

164　赞美与谎言没有距离

179　在南方醒来

198　对泰勒斯的猜想

205　一个外科医生的手术

215　湖水之外

223　这一切看起来如此正常

第一辑　诉说与尘埃

来历不明

1

离开那个叫作彭家榜的村子时，我便在心里告诉自己绝不要再回到这个地方。即使当时还只是一个孩子，这种想法也显得异常坚定。记得就在临行前夜，我躺在母亲用干稻草铺好的木架子床上彻夜未眠。总是希望天色瞬即就明亮起来，就像是端午节前，眼巴巴地盯着门前桃树上为数不多的那几个野桃子，巴不得它们在一夜之间就长得通红。我时不时地弓起身子，探头看向窗外，然后继续躺下。这样翻来覆去，铺在床板上的干稻草就发出沙沙的声音，里面像是有条蛇。也就在那一夜，我隐隐感到自己的生活即将被擦亮，即将走在一条迎接光芒的路上。所有的光都无遮蔽地照向我——亲切、温暖而又热烈。暗藏于心里多年的冲动，即将让我以奔跑或者飞奔的力量来挣脱这个贫穷、破旧、落后和吝啬的村子。这是一件多么值得庆祝的好事，它从此将从我的生活里淡去，与我没有多大关系。

这样的离开明明是酝酿已久，像一场精心设计的阴谋般让人自鸣得意，而真正到了那一天却又觉得有些突如其来。我的喜悦远超过母亲的担忧和伤感。这块住着我所有亲人并生养我十多年的地方，在离开时回落到我身上，而我竟然没有一丝的不舍与忧伤。相反，是一种重见天日的新生感让人亢奋。是的，在抱负与野心面前，一个放眼从东头就能望到西头的村子显得太单薄、太无力了。它会让我无所作为地去扛起那把冰冷的被父亲磨得锃亮的锄头，成为别人眼里没有出息的庄稼人。我不愿意接受这样子承父业的沿袭，急于摆脱一个泥腿子的身份和乡下人的土气，活在别人认为光鲜的世界里。甚至，有很长一段时间我对那个村子都带有不怀好意的厌恶。包括后来在南方生活的那些年，我从来不会与人聊及这段成长的经历。在所有填写身份资料和需要做介绍的场合，我都会有意模糊它，甚至直接隐去。时间久了，在周围人眼里我就逐渐成了一个来历不明的人，身份变得可疑。

我讨厌农民的身份。这样的身份会让我的形象在外人眼里瞬间矮去一截，换来同情或者鄙夷的眼神，甚至对我的工作和爱情也会造成不可轻视的阻碍。我耻于提起它，像是死死藏着某个最阴毒的秘密。

在相当长的一段日子里，我认为已经把自己的言行安排得天衣无缝。过去的痕迹在我的生活里也消失殆尽。然而，很快就会发现这种想法和行为是荒谬的。每次听到亲人嘴里吐出那些生硬而又土气的家乡话，以及与母亲交谈她时不时往里面塞入一些关于村里的现状时，我与它们的距离一下子就拉近了——我蓄意想要掩蔽的那段成长历程。我无法绕开它们而假装什么都没发生。一个人又如何能够绕开自己的成长去接受更为长远和体面的生活呢？它们的出现总是以大量而密集的细节打扰着我现在的生活，无法忽略和剥离。大段大段的影像在脑子里闪过时总是会让我变得不安。

都已经那么久远了。在时间长廊的幽深之处，我试图梳理这一路走来所留下的痕迹。往昔的一幕幕逐次掀开。翻覆的人事，过往的点滴，它们就像潮起后的浪花拍打着这样安静的夜晚。一切都明亮了，那个叫作彭家榜的村子。清晰可辨的轮廓，泾渭分明的脉络，一点一点地靠拢、复原，印在高傲的月光下，寂静中显得单调。一律朝南的青砖瓦房，高矮交错的屋檐，无数条由屋檐组成的小巷子。它们穿插整个村子，毫无规律，像人身上的脉络一样连通村子的各个器官——房屋、猪圈和牛栏。门前屋后皆是竹篱笆围起的菜园。两口池塘就像是村子的两只眼睛，并列两头，中间由一条浅窄的水沟相连。盛夏季节的清晨，成群的小鱼在水沟里从西头的池塘游向东面的池塘，吸吮新鲜的阳光。清澈见底的水中倒映蓝天白云和妖艳的柳枝。知了趴在树的顶端，只要其中一只发出响亮的叫声，全村的知了就会跟着叫起来。螳螂在这些尖锐且浩荡的叫声里总是会迷失方向，竖起那锯齿般刚劲的前腿停在树干上。一颗老槐树扎在村子中间，春天的时候，串串白色小花像一朵朵悬浮的云儿。一阵风起，满天满地都弥漫着淡淡的槐花香味。秋天，村子四周那远无边际的稻田，随风翻滚无垠的金浪。那壮烈的、耀眼夺目的金黄，让人无从逃离，整个村子被它映照得通亮。而我极不愿意出现在这样的季节里，那种发了疯似的劳作，那无法望到尽头的水稻，他一下子就将我弱小的身子淹没。

我的父母不希望我成为一个农民。他们对我灌输的价值观就是跳出彭家榜这个只有巴掌大的贫穷的村子，认为我应该有更远大的理想，有更光鲜的身份。不应该像他们那样终日在黑褐色的泥巴地里苦命劳作。可是他们又不断地教我做各种农活，每天都会为我安排许多诸如打猪草、喂猪、挑水、拔秧苗儿、插秧、薅草、割稻谷、打稻谷、晒稻谷、给棉花锄草以及摘棉花这类的事情。在整个漫长的暑假期间，所有用于我学习和玩乐的时间全都奉献给了两种水稻——颗粒饱满等待着收割的水稻以及绿意盎然等待栽插的秧苗儿。我憎恶那种要人命的劳作，甚至憎恨水稻。期待村里蝗虫蔓延；渴望一场瓢泼大雨引来洪水泛滥；或者哪个不听话的孩子在田里放把野火，我爬上门前那棵柳树看它们烧得噼啪作响。然后，暗自庆幸再也不用做那些繁重且苦闷的事情。

　　这是多么幼稚而罪恶的想法啊！直到有一年，父亲因家里交不上公粮被村里干部指派去挑了整整半个月的河堤（将河里的沙子一担担挑到河岸，以疏通和拓宽河道），才知道这些黄灿灿的稻谷有着那么慑人的力量。它把一个人、一个村子的命运都牢牢拽在手里，让人无力挣脱。

2

　　关于童年的记忆，总是离不开水稻、泥土、没完没了的劳作和一些人的眼睛。它们就像是一个旷日持久的梦，将我牢牢地覆盖。所有的抵抗和逃离，所有的哀怨、尖叫都是徒劳的。还有那无数双瘆人的眼睛，它们像一把刀子，让人生畏。我是不敢与这样的眼睛对视的。它们认为我不属于那个叫作彭家榜的村子,认为我是外村人,或者说我是野的。更多的时候我从他们的眼睛里看见自己是一个没出息的人。一个倒插户的孩子能有多大的出息。能讨口饭吃就不错了。那些眸子里始终透着这样的声音,即使藏得很深很深,即使在我很小的时候也能一下子感受到。那个活生生的年代,"倒插户"三个字带有强烈的让人鄙视的色彩。它直接成为衡量一个男人有无出息的砝码。除去患有身体残障,剩下的就是一些能力极为低下的男人,低下到没有一个女人愿意跟他一起过日子,最终沦落成倒插户,经人牵线以男人的身份嫁给女方。而这些女方家里因没有生养男丁,所以迫切地需要招个上门女婿来为他们传宗接代。意图再明确不过,对愿意来上门的男人要求自然也就不那么苛刻,只要身体健全,有生育能力。多么刺人的身份啊——在外人眼里低下、无能、抬不起头、矮人一等。

由于父亲的入赘,我从一出生便与这样的身份有关。

我姓周,父亲姓章。我的外祖母成为祖母,外祖父变成祖父。这让我看起来与父亲那一脉人毫无关系,甚至与父亲也毫无关系。总觉得和他之间有一种很深的隔阂,这种隔阂源于两个不同的姓氏,印在我小小的心上。他的表情过于生硬和冰冷,对我大呼小叫、不管不问。当母亲在教训我,说要把我送给临近村子那个拿着长竹竿四处乞讨的孬子信焱时,那种冷漠和荒凉便更加猛烈地砸向我,一连几个夜晚都不肯入睡,怕他们在夜里趁我睡着后偷偷地把我送走。然后我穿着破烂、单薄的衣服,满脸污垢与那个孬子一起挨家挨户要饭、赖皮,被人嘲笑、戏谑、殴打,被村里的狗猛追不舍。在上学后很长很长的一段时间里,我习惯盘坐在门前的石墩上低头发呆,变得乖巧和勤快,害怕他们一生气就不要我,所有人都不要我。饥饿、寒冷、脱离大人的庇护和疼爱、被人欺侮,这样的恐慌,像黑夜一样深厚无边,它一寸一寸将我童年里无忧无虑的欢乐逐渐吞噬。我分别在不同的下午问过母亲和三婶自己是不是捡来的。这两个成年女人面对一个孩子提问时满脸愕然,不知所语。在一次遭受父亲打骂时我曾指着他的鼻子大喊:你根本不是我的爸爸,等长大迟早有一天我要杀了你。那个决裂的声音经一个十岁孩子的胸腔逼出时带着泣血的力量,连屋顶的瓦片都在战栗。多么无知无畏的放肆,多么胆大妄为啊!那一刻我看到他脸上暗黄的肤色瞬间变为铁青,抡起巴掌的手停在半空,转身就从门前的篱笆上砍下一根鲜活的柳枝,更无情、更猛烈地抽打。一边抽打一边凶恶地说:我叫你杀我!老子干脆现在就弄死你!

父亲不属于这个村子。母亲没有兄弟,为了延续一脉香火,父亲从遥远的另一个地方嫁到这个叫彭家榜的村里。从此在这繁衍生息，日夜劳作。成为我祖母的那个女人，在不到三十的年纪便成了寡妇。守着自己的女儿和一间破旧无光的空房子，再也未嫁。她裹着一双小脚，脚背、脚板、脚趾以及脚后跟都呈现出一种畸形，像两根长不熟的玉米苞子。每次回娘家或者去她大女儿家里，父亲都会借一辆木质的独轮手推车，在上面铺好被子、枕头，她就躺在上面。为了使车子能够平衡，通常会在另一边绑上块石头。最后，我也要坐上去，由父亲一路推着。天气晴朗的日子，母亲则为她清洗裹脚布。那手掌宽的白色老棉布每次都足足缠满三根晾衣杆子。她固执、刚强、严厉，对我却异常疼爱。我从不敢在父母面前撒娇，却能在她那里得到所有的宠爱。她从来不叫我的名字，连乳名都不曾叫过，喊我的时候永远只有一个字——儿。动情的时候则会叫我心肝儿。在她离世后的二十年里，我一直怀疑她究竟知不知道我的名字。其实，探寻这个问题已经毫无意义，在她的心里我根本就不需要名字。

这么一个身子柔弱、活在传统夹缝里的女人，在她的男人莫名其妙地死去后，被我的族人分别以十箩稻谷卖过三次。十箩稻谷，加起来不足千斤的粮食，能买断一个女人后半生的全部光景。母亲说在整整三年的时间里，她和祖母都不敢脱衣服鞋袜睡觉，为的是夜里听到一点动静便能一骨碌从床上爬起来拉开后门就跑，在黑暗里四处逃窜，东躲西藏。我从母亲嘴里细细掂量"一骨碌"这个词，多么干净、利落，矫健而富有力量，又是多么地老练啊。而那些无数的夜晚，它将一个女人的贞操、尊严连同命运一起淹没在无边的黑暗里，硕大无朋。我看见一张惊恐的脸，蓬乱的头发，还有仓皇不知去向的身影，透着无处诉说的悲苦。这种老道的应对手段终究让她像村里的那棵老槐树一样扎在那儿，风吹不倒，雷打不动。

我一直无法弄明白，究竟是种怎样的力量支撑着一个小脚女人单薄的身体。贞洁？信仰？对命运的抵抗，抑或是捍卫活着的尊严？统统都不是，它们都太大了，也太过高尚。用母亲的话说，是为了撑住一户人家的门框，为了世代绵延不绝的香火。

门框一旦倒掉，香火就灭了。我那些死去的先人，他们的魂魄会在山里孤零零地飘着，找不到回家的路。这里面包括我死去的祖父。

3

那个野蛮又荒唐的年代，一个女人的尊严和命运可以被族人随意打发、肆意贱卖，像是贩卖自家的牲口。而这一切只是因为家里没有男人。在我出生的那个偏远的村子里，男人占有绝对的领导地位。他们像统治者决定着家里的一切。聚在一起的时候必定在谋划着村子里的某件大事，诸如丧葬嫁娶、修渠安宅。他们连续几晚都把自己关在那个阴森的宗祠里，抽着呛人的旱烟，哑着茶水，只是为了村里究竟是该买一杆两百斤的秤还是三百斤的秤争论不一；为了修祠堂到底是加高三块砖还是五块砖而争得面红耳赤；为了放倒村里的一棵树反复不停地议论。而女人在这样的决定面前总是失声的。她们精心地打理着自家的琐碎，把菜园子修得光滑平整、瓜蔬满园，把自己的男人养得强壮有力，趾高气扬。村里所有的红白喜事以及隆重的活动，她们唯一的用处就是在厨房里围着灶台上下忙碌。即使在祭祖这样庄重的日子，也只能站在祠堂外面，从人缝里窥探那一派盛大的场景——在祭祖的日子，女人绝不可以进入宗祠，这是所有村子的大忌。

她们的存在更像是为了衬托出男人的高高在上。很大程度上一个男人的离去或者死亡，就意味着一个家庭的消失和香火的断绝。她们把男人比作天，倾其一生去伺候，没有读过一天书，却普遍深谙一个道理：天塌了，万物都必毁灭，包括自己清澈如水的命运和年幼的子女。而作为她们自己，总是精打细算地为了家庭操劳，小心翼翼地活着，从不被提起。一直以来我都想赋予她们一种身份，可她们除了女人的身份还应该是什么呢？长工？奴仆？依附男人的寄生者？还是用来传宗接代的生育工具？我的书写突然变得无力。她们的付出就像是脚下这沉默不语的土地。对，土地，她们应该像这深厚无底的土地一样让人敬畏和尊重。这样的比照太贴切了，它符合所有孕育和哺乳的全部过程。关于香火，在我南方生活的城里近乎消失的词，却世世代代捆绑族人的命运。它和那间阴森的宗祠一起，将男人圈在里面，把女人挡在外面。千年不移的守旧传承，在今天依然延续。

一户没有男孩的家庭，在外人眼里其实并不算一户真正意义上的人家。它缺乏一个家庭最为核心的构成部分，迟早会在村子里消失，像一阵风一样不留痕迹。连他们的祖先都会因无人祭奠而变得孤苦伶仃。在这样的家庭面前，所有小说或者电影故事情节里所描述的，诸如人性的虚伪、阴暗、自私、拙劣等，无一例外地逐渐显现。他们绝不只是虚幻，现实往往有过之而无不及。男孩于村里的每一户人家而言，很大意义上象征着安稳和希望。即便是再落魄，再穷困潦倒的家庭，只要生养了一名男丁，全家人的腰板就会像路边高傲的白杨树一样挺拔有力，缺衣短吃依旧个个饱满——这种饱满来自精神——来自对生活有了盼头。一生艰难的辛劳虽不能大富大贵但也得以圆满，没有辜负和辱没祖先，世世代代的血脉传承到自己这一辈总算没有断绝。而即便再富足殷实的家庭，若膝下无子，所有的一切就都是镜花水月。用村里老人的话说：他富甲一方，出门也矮人三分。说话时嗓门拉得再高，也不够硬气。毫无疑问，这种家庭的存在更加笃定和坚实地强调出男孩或者男人在村子里绝对重要的地位。更有意思的是，所有穷苦人家都会从这样的家庭上获得足够的安慰，并以此满足。当他们感到生活不如意，在贫穷的折磨下露出难以承受的一面时便会感慨：有子值万金，即使讨饭身边也多个壮胆的。接下来就是响当当的比喻——你看，某某人家富足，有钱，可一家子娘娘货，我就不信他再有钱能买来一亲儿子？要那么多钱做什么用，死了连给谁都不知道。最后还不是给姑娘好了外姓人，忙碌一生到了还是凑别人家兴旺。没劲，没劲，我才不要过那种富有日子。

显然，在财富和生儿子两件事情上，后者更应该算作是光宗耀祖。财富充其量只能算作是一种时运。这种怪异的逻辑挟裹着每一个人的思想，就像是一支注入体内的天花疫苗般，一旦进入体内便终身发挥它的药效，再也无法消除。生孩子成为许多家庭一辈子都在努力的事业。第一胎生的是女孩，接着生第二胎，第二胎若又是个女孩，果断生第三胎，第三胎再是女孩，那么就第四胎，第五胎……总之会没完没了并不厌其烦地生下去，直到那个男婴艰难降临。村里前些年去世的莲婆婆，在她年轻时的九年时间里接连生了九个孩子。生到第九个时见是一男婴，他的男人几乎是不假思索地为这个孩子取了个扬眉吐气的名字——传宝。寓意为传宗接代的宝。而她的九个孩子中，因缺乏照顾和病痛夭折四个。在曾经长达数十年的时间里，当村里人每每谈及这个老人和她生育的经历时，并不是谈论她比其他女人遭受过更多的苦难，更不是因四个孩子相继夭折而承受的丧女之痛。话题的焦点始终集中在她把自家的男人养得好，连年都能够在她那块并不肥沃的土地上撒下一颗种子，最后总算有个好的收成。

这种怀有某种目的而疯狂生育的行为，有史以来就是村子里的一种生活现状。并没有人认为这种现状存在着问题。就好像你长期生活在一个混乱的场景里最后会忘记什么是秩序。而当我现在以一名写作者的身份，或者假装以一个城里人的身份来追忆它时，脑子里回荡的除了愚昧，更多呈现的是一种远古文化。这种文化会将生命本身一分为二，一边更重，一边略轻。让后人在抉择时无法规避其残酷的一面。

而在后来的某一天，几个穿着笔挺中山装的男人出现在村子里的时候，带来一整箱的橡胶避孕套以及一个全新的生词——计划生育。他们将那箱橡胶避孕套在村里派发干净，逐一强调计划生育这几个字。它太陌生，太新奇了，突然无端端地出现在村子里，瞬间就让气氛变得紧张和恐慌。啥？计划生育？哪门子的东西？那到底还让不让生孩子了？不让生孩子那老子还活他干吗。村里所有男人夜夜都集中在宗祠里面开会，谈论这个具有毁灭性意义的问题。他们的女人在家里则更是坐立不安，远远站在祠堂前的水塘边，议论的声音更为热烈。在生育这个问题上她们似乎比任何人都更为焦虑。不生孩子那要她们女人做什么用呢？还有那些橡胶避孕套，它和那个叫作计划生育的词一样让人感到陌生。无缘无故给家家户户发这些泡（气球）干什么。不能吃也不能喝，最后索性就赏赐给孩子们，吹成气球的形状，用根细绳将口子扎牢。在记忆中，我对这种乳白色的气球印象极为深刻。它伴随过我和同伴们很长很长一段时间。尽管它的颜色单调不及卖货郎担子里的气球鲜艳，可它能够吹得很大很大，能够吹得如同蝉翼般透明。还可以从池塘里为它灌水，灌很多很多的水，托在手里时就像是一个巨大的女人的乳房。

在最终搞清楚计划生育不是禁止生育而是有条件地限制生育后，所有生了男孩的家庭像是躲过一场劫难般暗自庆幸，并认为是祖宗积德和显灵。对于那些没有或者说还没来得及生养男孩的家庭，这无疑是明朗的晴空里响起的一声炸雷。他们无一例外地刻着郁郁寡欢的忧伤表情却又不知所措。当他们的表情在村里由忧伤转为胆怯时，生育这件本该正大光明的事情就开始变得不可告人，神秘而又充满惊险。陆续有女人从村子里消失。明明头一天还在池塘边搓衣服洗菜，第二天一早便和自己的男人一起不见了，有的更是独自一人就走了。面对别人的盘问时他们的老人包括孩子都一致守口如瓶，或者编造一个自认为高明却经不起推敲的理由用来统一口径。而村子里的所有人对这种无缘无故的消失有着非凡的洞察力——躲到某个远房亲戚家里去了，或者藏到深山里一个可靠的朋友家了——这次八成是要躲出去生个儿子。

后来的事实也确实如此。当他们再次回到村子里的时候怀里必定多了个孩子，而且这个孩子必定是个男孩。躲避的人数多了就逐渐形成一种风气，从一个村子刮进另一个村子，其目的也简单到不需要思索。我曾亲眼见过村里干部惩戒因这种躲避计划生育而造成的超生，将一户人家耕地的老黄牛和养得精壮的两头白猪全部牵走，并欲拆他家的三间瓦房。那样的场面被哭泣、哀求、争执、暴力和绝望塞满。一边是扛着铁锤、锄头、钉耙和钢钎（一种实心铁杆，一头尖利一头平整，用于在菜地里钻孔为瓜果类蔬菜搭建架子）的村委干部，另一边则是一家老少哀号着跪地求饶和阻拦。有同归于尽和视死如归的壮烈。直到现在记起这个场景，我都无法分清这样两队人马究竟谁代表着正义，究竟谁是对的，谁是错的。

几乎是在躲避计划生育泛滥成灾祸的同时，接连不断有女婴遭到丢弃。在许多年里，她们就像是一场暴雨过后被风掀落掉在路边未熟的果子。过早就被狠狠抛在地上，无情地、决然地，被一块小小的碎花被子裹着，放在一个小小的像腰子形状的竹箩里。悄悄丢在乡卫生院的大门口，或者半夜里送到某户人家，猛敲几下门后转身就跑。这样的事情在很长一段时间里像某个大事件的追加报道。开始所有人都觉得新鲜和惊奇，次数多了就显得淡然无味。应对的手段也逐渐变得老道。远处村子的一户人家，在不同的夜里将自己的女婴送走三次。而后，在第二天清晨，却发现夜里送走的那个女婴又完好无缺地躺在自家门口。一夜之间，生命的高贵在性别的抉择面前走向卑贱。连同血浓于水，我们口中传播得无上珍贵的骨肉亲情都变得那么地轻，那么地薄。

我和村里的两个小伙伴在乡卫生院的大门口亲眼见过一个被丢弃的女婴。她在竹箩里发出尖锐刺耳的哭声，极具穿透力，能把一个人活活撕裂。我们出于好奇亲手解开了包裹她的被子。一张皱巴巴的脸，通红的皮肤，嘴唇干裂，眼角囤积了大量的眼屎，泪水和鼻涕混在一起顺着上唇流进嘴里。竹箩里放了一袋已经拆过封的奶粉，一个玻璃奶瓶里面装了小半瓶奶竖放在女婴的脖子处。就在她胸口的位置有一个醒目的大红纸包，一张深红色的纸上画着黑色的八卦图案，记录着孩子的生辰八字，还有一些零散的钱。我们好奇地把奶瓶塞到她嘴里，她立刻就变得安静，剩下的只是伤心的抽搐。最后我们悄悄商量，从里面偷偷拿走了一张面额两元的钞票，然后把被子裹好，像是偷吃了油的几只小老鼠没命地奔跑，害怕被人发现。我们站在卫生院后面的小路边大口喘气并伸手发誓谁也不说出去。

多么无知的童年，多么无畏的孩子啊！在小商品店买橘子汽水和水果糖，然后一人一份并排躺在干裂的稻田里，看着满眼湛蓝的天空和大朵白云，边喝汽水边聊我们当时心里最稚嫩的理想，然后各自庆幸我们都是男孩，要不然早就被爹妈丢弃了。那时候的天真蓝，深邃、高远，没一点杂质。干净得就和我们当时的理想一样。到现在都已经失去了，蓝天、白云和我们当年传播得最热烈的理想——科学家。当天夜里我做了一个凌乱不堪的梦，梦见从卫生院到村子里的路上，沿途都是被弃的女婴。她们怒目圆睁地盯着我，村里所有人都找我要钱，朝着我奔来。无数双大手伸向我，遮住我的鼻子、眼睛、嘴巴以及全身。我无法呼吸并使劲挣脱，可任由我声嘶力竭怎么甩都甩不掉。最后，我失声了，连知觉也都失去了，被狠狠地抛向天上，落下来的那一刻山崩地裂、电闪雷鸣。我变成一个新生的女婴，肚子裂开一个豁大的口子，丢弃在路边。我意识清醒，想要求救却无法说话，所有的人都看不见我。

4

我的祖母这辈子最大的骄傲和成就便是他的两个孙子。她在这两个小小的男人身上，看到了挺起的脊梁和永不破灭的希望。曾经遭受的苦难在强烈的满足感面前悄无声息。她在与我母亲对话的过程中反复强调：这辈子遭受的罪值了。死后总算也有人去我坟头烧两刀纸。说完就把我喊到身边，摸着我的后脑问：烧不烧啊？我拼命点头，响亮地回答：烧，烧很多很多，还有莲花屋和衣服。然后她就把我紧紧搂在怀里痛心地喊：我的心呐！

这样的对话里面从来不会出现父亲。这个在家里原本应该高高在上的男人，在更多的事情上却丧失话语权。在祖母的眼里，他不是自己的儿子。他是以入赘的名义远嫁过来的"媳妇"。我和哥哥才是她的血脉，她地地道道的孙子。后来我听母亲说，祖母曾经在相当长的一段日子里，对父亲都持有高度戒备以及防备的心理。她对四肢健全且又仪表堂堂的父亲这种入赘的行为充满怀疑，并深感不踏实。她把父亲的一言一行，包括父亲与别人说话时的眼神和表情都统统记在心上，然后暗自分析并偷偷转告给母亲。而在村里人眼里,我们一家都不属于这里。父亲是外姓人,我们是外来户,瓜分了他们的资源——土地、粮食、水以及其他。

在很长一段时间里,我对这个家庭的构成满脸疑惑。我搞不清祖母和父亲之间的关系,搞不清兄妹的关系,甚至搞不清自己与父亲之间的关系。四个孩子,我与两个姐姐随母亲同姓,哥哥与父亲一个姓。这样特殊的家庭,在村子里看起来怪异极了。我不断怀疑家里所有成员的身份。父亲和母亲不是第一次结婚。哥哥是父亲带过来的,他们是一家人。我和母亲还有两个姐姐是一家人。可是我为什么又比哥哥小呢?我比他小就应该是父亲和母亲结婚后生的。既然是父亲生的,我就应该与父亲同姓。还有祖母,她是哪里来的?跟我们有什么关系?最后我推测,他们全部都是一家人,我是祖母从外面捡来的。乱糟糟的一团。这对于一个孩子来说太复杂。我太小了,根本无法弄懂"入赘"这个词暗含的意味,掂量不出血脉生命间关联的力量。这力量太过强大,它横亘在你我非此即彼的生活里,以至于我们在人世间要花很长的时间,走太远的路才能称量出来。

而后的追忆成为一双无形的手,将一幅古老的油画慢慢舒展。它抖抖擞擞在我面前打开,摊晾着父亲苍凉的一生。我想以一个晚辈的名义对父亲的过往做一段描述,它们被岁月的尘土掩埋得太深太久，逐渐失去了色彩和光亮，不被人知。

　　这个男人出生于民国二十五年二月二十七日，即公历 1937 年。家中长子，他的父母在那个年代贫穷与饥饿猛烈的撕扯下，早早便撒手西去。以至于后来，他每次在我们面前回忆起父母时，竟不知从何说起。那样的记忆太短暂、太稀薄了。在漫长的生活里让我们感到遗憾并且疼痛。他十二岁离家，四处闯荡，在现实逼仄的缝隙里过着下落不明的生活，日夜流浪、随风飘摇。做过学徒、卖过苦力、打铁，而后进入农机厂成为一名光鲜的工人。结束动荡不安的漂泊，享有无产阶级的无上荣光。生活的态度渐趋平稳，然而一场浩大的革命，洪水般从遥远的北京城倾泻而至，从上到下将所有人都淹没。他随即便卷入其中，成为坚定不移的革命拥护者和崇拜者。他将父母按照族谱起的名字一夜之间改成单名一个彪字，四处声讨、慷慨演说。看看，多么风光，模范、英雄、神圣、精明能干、声名鹊起，有光明的前程和衣食无忧的未来。他在当时周围的圈子里掀起过一场巨大的轰动，引来无数人尊敬和艳羡的眼光，不乏满腔热情的跟随者。这样的开场和某部小说里主人公的亮相无异。有着凄惨的身世、波折的经历、苦尽甘来的风光，完全符合大众的口味。

　　而最后的结局相比登场就索然无味。1970 年的某一天，在命运的十字路口,这个满脸放光的男人,写完一份大字报的最后一字,弃笔泼墨,决然而去。大好的时光,振奋人心的口号让人面颊灼热,他却身无一物地离开,遭到身边人满脸质疑与嘘唏。那一年他33岁,成熟、干练、满口卓越的见识,张开双臂厚实的胸膛里头积淀了一对凌空出世的翅膀。眼神里透漏出一种力量的笃定和属于这个年龄的深沉。在当时人们眼里,他今后定然是个了不起的人物。可是他却奋然起身,住进一个偏远的村子。远离随手可摘的大好前途,在别人尊敬和羡慕的视线里消失无影,从此背负着一个永生都无法甩开的身份——招亲,没出息的男人。这样的决定是那么古怪、唐突,甚至不可理喻。而后的事实证明他当时是多么的英明和睿智。

他像一个女人一样嫁进村里,两手空空。没有送亲迎亲的亲友、没有祝福、没有热闹喜庆的婚宴。就像一颗无声的子弹,从遥远的一端迅猛地射在村里宗祠前的空地上,来历不明。他看起来像一个华丽的城里人,精心梳理的头发,白色的确良衬衫,蓝的卡裤子,黑色猪皮鞋,戴着村里唯一的一块"上海牌"机械手表。修长身段,气质儒雅,鼻梁上架着圆溜溜的眼镜看《三国演义》和古龙的小说。他还是我唯一亲眼见证过阅读那一摞厚厚《毛泽东思想》的人,表情严肃、庄重,时而浓眉紧锁,时而笑颜舒展,具备那个年代城里知识分子所有的特质，喜欢诗词歌赋，爱看报纸，关心国家大事。即使在那样偏远的小村里，他也总能弄来一些废旧的《光明日报》。利用劳作的间歇静静阅读，自说自话地畅抒己见，然后心事重重、满脸忧伤。在那个知识极度无用的村子里，他没有倾听者，找不到可以谈论的对象。

村子里的人对这些文字里传递出来的国家大事、政治文艺统统不感兴趣。它们太遥远了，远不如生产大队里挂起的那些高音喇叭。他们关心的是明天下不下雨；能挣多少工分；菜里有没有少放一滴油水；有多久没闻到肉香；怎样才能跟生产队长的关系靠得更近些。全村人一致认为他是一个空说大话、眼高手低又无用的人。即便认识几个大字，即便有些见识那又有什么用呢？还不是整日面朝黄土背朝天。还是一个倒插户呢，一个没出息要靠招亲才能讨到老婆的男人。同样在生产队里劳作一天，别的男人可以挣到一个工分，而他却只能领到五分。在母亲抗议后，队长显得极其为难地告诉母亲：你家男人是招亲的，一天五分工已经很仁义了，你还要我怎么办？后来的日子，队长禁不住母亲的再三央求和纠缠，便慷慨地按照女人的工分每天记他七分。正式将我的父亲定性为女人。

生产队长在宣布这一决定时一定是大快人心：他什么也不会干，跟个废人一样什么都不懂。言下之意是他连七分工都不值。而事实上他总是干着队里最脏最累的活计——推土、挖地、掏粪、挑粪，别人割稻、挑稻草，而他却只能从早到晚用竹箩挑一担百几十斤的稻谷⋯⋯在别人眼里，所有轻巧的活他都不会干。即便这样仍然遭人白眼和不满，绝大多数人认为他领的工分太多，根本不值、不公平。到年底算工时，家里领到的工分始终不够，永远都是队里的"超资户"，扣粮、扣油。在那个缺衣少吃的年代，这样的举动无异于谋杀。就连后来的土地到户，家里所分得的田地也远远少于别的人家。一年所得，上交公粮之后剩下来的寥寥无几，无法支撑一家老小全年的口粮。而那些村里收公粮的干部就像是具备神一样的本领，能掐会算。总是在稻谷晒得干实准备入仓前就和生产队长一起准时出现。他们威风凛凛，一脸肃穆也一脸正义，不听解说，不讲情面。在我的记忆中他们是大摇大摆的盗贼，空手而来，满载归去。带走那些黄灿灿的稻谷，以及全家人辛劳一整年换得赖以糊口的唯一希望。临走时还留下一句蚀骨般的忠告：别忘了你们家是倒插户，要起个表率，让人家看看！

　　我突然感到一种巨大的孤独，无以言说，无力形容。我看到父亲低垂的眼睑、屈辱的表情、起身离开的背影留下一声哀叹。他像是一块沉入海底的石头，一同沉没的还有他满腹的才华和热情、辉煌的过去。它们都被淹没了，永不为人知，他所有的故事，所有的精彩后来只能在无人时一遍一遍地讲给自己听。而当我现在写下这一切,那些场景一下子就鲜活起来。它们钻进我的胸腔,像是一柄锥子刺向心窝。一寸一寸,有种殷红的东西向外溢出,很大的一片。

他在村里始终保持着一个知识分子的高雅。白衬衫永远都扎在裤腰带里面,穿着鞋袜、戴着手表下田干农活。即便是在农村最紧张、最忙碌的"双抢时节"(抢收抢种),他的鞋袜也从未脱过。匆忙但注重细节,看上去总是那么干净、工整。写得一手漂亮、苍劲的毛笔字。在雨天,他会坐在八仙桌旁安安静静地写一整个下午。这让我很小很小的时候便热爱和崇拜书法,我趴在桌上很认真地看着,用手指轻轻地比画。直到现在我始终认为在一个人身上能够很容易找到父亲的影子,一个人的喜恶很大程度上与父亲有着深厚的联系,与遗传无关。在成长的过程中,父母的优缺点会潜移默化地体现在自己孩子身上,不需要刻意说教,耳濡目染的熏陶是一种很自然状态下的思想嫁接。我与哥哥从小独立、衣着工整、讲究穿戴,都写得一手漂亮的好字。这让我们从上学到现在生活在南方的城里,总是会迎来一些人艳羡的眼神和夸赞。然而那样的日子总是遭到母亲的反对和唠叨。那种锦绣的才华在母亲眼里一文不值,换不来吃也换不来喝,还不如村里那个算命的瞎子。他随便给人画一张神符，就能换来两个鸡蛋或者一升米。她埋怨父亲能写出一手好字，却不能干出一手漂亮的农活。埋怨他成天看一些不着调又不接地气的东西，不把心思用在庄稼上。一家七口挤在一间破旧无光的屋子里，守着一个永远装不满的米缸度日。埋怨父亲的无能让全村人都瞧不起……她的埋怨在那些贫穷的岁月里，像喃喃唱颂的经文一样没完没了，总是无端出现在那个简陋的屋子里，让人烦躁不安。

　　他们之间存在一种很古怪的隔阂，不可名状地横亘在两个最亲密人漫长的生活里，不可逾越，阴柔却又坚韧如缎。很少说话，几句之后就各自缄默。在那些个枯燥乏味的农村夜里，他们可以面对面坐一整夜却一言不发。自顾自地干自己的事情，父亲看书、抽烟，喝着廉价的茶叶末子。母亲纳鞋底，把一根明晃晃的细针扎在鞋底上，用中指的顶针轻微向上一顶，然后拔出，来回抽拉麻线，在末了用力向外一拉，如此反复。纤细修长的手指，光溜饱满的肤色，柔韧的动作和轻盈弯曲的手臂，它们是那样娴熟而优美，充满了艺术味道。我第一次从母亲身上看到关于力量的妖柔和性感。后来我在上海的一家工厂看到自动弹簧机，那样灵巧的动作、完美的衔接，像一只优雅的手。它竟然一下子将母亲的气息带给了我。这种久违的感动瞬间闷在心里，向四周漫延，越来越大，越来越广也越来越深。

　　父母是安静的,村里的夜晚也是安静的。偶尔能听到赶夜路的人故意发出咳嗽声和远处传来的几声狗吠,剩下的就是父亲翻书的声音和母亲拉麻线时带出来沉闷的吱吱声。这样黑暗的夜晚啊,它的静谧形成一种无形的场,压抑、沉重,让人心生不安。它足够让所有人窒息,让所有人都想逃离,又无处可去。我很小便知道冷漠这个词,它同时具有安静和冰冷的双重意义。啊,我过早地从父母脸上读出了这个词的含义。

5

　　如果说祖母荡气回肠的一生是为了等待父亲的出现,那么父亲对命运的抉择则更为荒凉。这个看上去体面的男人,在生活的琐碎面前,在面对一年四季田地里那些让人看不到出头之日的农活时,逐渐变得寡言、易怒、脾气暴躁。那个知识贵于金钻的年代,他本该受人尊重并且敬仰,本该大有作为,有一份体面的工作,殷实的家庭,听话的孩子,一个心爱且崇拜自己的女人,在别人眼里活得风风光光、精彩纷呈。可是这些都朝他相反的方向越走越远。他的曾经是何等的灿烂辉煌,一个转身便破败不堪,遭人排挤,甚至连自己的女人都取悦不了。他在喂猪的时候,对着它们大骂:你这些发瘟的,老子天天伺候你们,怎么吃都长不壮。他把自己所有的书都搬去茅房当作厕纸,把房门摔得炸响,去别的村子修起炉灶开始打铁。他会对着我们大吼:不读书,就给老子去死,给老子滚!这样恶毒的语言像是一种诅咒。而其后隐藏的是一股滚烫的亲情,以及对子女所寄予的浓烈的期盼。他把我们兄妹命运的改变全部寄托在读书这件事情上。他坚信只有读书才是唯一也是最好的出路,才能在村里抬起头做人。那些唯一能够见证他辉煌过去的旧照片,被他压在老相框的背后,从不示人。他的族人包括后来我的族人,对他的过往知之甚少。每有人提起,他们会顿然醒悟:哦,你说的是那个招亲的铁匠吧。

多年以后,我去外省读书。在那个浓雾猛烈的清晨,他挑着行李送我到车站坐车。临别前低声对着我说:要争气,莫像我一样窝囊,村里人一辈子都瞧不起我,不要让他们瞧不起你。在他说完这句话转身离去的那一瞬间,我看见一个男人挺起的脊梁轰然塌垮。这个落魄却又高傲的男人,从不认为自己平庸,却第一次在他的儿子面前亲口承认自己窝囊。

我一直认为他在转身进入那个偏远的村子对命运作出抉择前,一定是嗅到了什么味道。1970年,大革命的口号喊得惊心动魄,时局的动荡和派系争斗将这个国家的命脉搁在一座滚烫的火山口，天上地下火红一片。各派系人马穿梭往来，制造出一种异常紧张、诡异的气氛。他毅然离开，那么坚定、果断、匆忙。而在他住进村子的第二年，就发生了那次惊天动地的"九一三事件"，他所崇拜和拥戴的对象一夜之间机毁人亡。树倒猢狲自然散去，阴云密布的天空瞬间清朗。他的离开像是冥冥之中的牵引，而即便在那个偏僻的村子里，甘心情愿地做一个农民，也无法彻底摆脱那次事件所带来的影响。几个号称调查组的神秘人物出现在村子里，将他带走收押，不由分说，不许探视。其罪名是用肥皂雕刻公章骗取政府的信任。当然还有他那个朗朗上口的名字，与林彪一字之差。而后考虑到他洗心革面和农民的身份，量刑从轻。他对自己的离开或者撤退是多么地庆幸啊！一个农民的身份，让他躲过一场浩劫。事后多年，父亲说他直到那天才知道肥皂可以用来刻章。村里人自那天起对这个人的来历充满深不可测的议论和猜测，避而远之。所有的亲朋疏远往来，多年避而不见。那些黏稠的情感，在现实的起伏面前顿显苍白。

许多年以后，时局转变，社会风气终回正轨，知识的力量重新得到认同并被重视。曾经遭受排挤或者压迫的知识分子、下乡历练的知青，这些人统统回流进城并逐一妥善安排，包括一生之中极为重大的事情——工作和户口。县里给父亲所在的生产大队寄来一封调查寻人函。在当时，这封信函对于父亲的意义远超一切，甚至胜过我们——他的四个孩子。它足以摘掉长期压在父亲头上那顶"倒插户"的帽子，从此改变父亲农民的身份，扭转一生的命运并配以光环，更可以让他在自己的子女及村里人面前挺直腰板。而这一切像是冥冥之中的注定般无法改变。生产队长在收到信函时毫不犹豫地在回执上写下：本村查无此人！然后亲自徒步送往了县里。这一切如此自然，无人知晓，像是从不曾发生一般。直到二十多年以后，他的生命走至尽头，临终前将这些隐藏的细节告知父亲。而我的父亲，我不知道他当时是以怎样的一种心态和情绪来接受这个事实。除了知道真相后的瘫软无助他还能做些什么呢？对一个即将死去的人他又能够做些什么呢？区区简单的六个字，就将这个男人的一生都陷在贫瘠的田地里，终日劳作，郁郁寡欢。

　　我无数次地跟别人强调父亲是一个了不起的人物。他除了招亲和农民还有另一种身份，而这重身份，可以成为我的谈资和可以炫耀的部分。然而我的虚荣心，在一些由无数段落草草堆积起来的历史面前变得苍白无声。历史注定遗忘绝大多数人，而记住少数人。那些被铭记和篆刻的都是一些响当当的人物。即便有小人物的影子，也都是极为个别的幸运者。我的父亲显然不是幸运者，在那些厚重的历史著作面前,他的身影瞬间变得细瘦下去,微不足道,根本不值一提。在他所有族人的眼里,包括子女的心里,自始至终都只能记住他招亲的身份和农民的身份。而就连为什么招亲,为什么一夜之间就成为农民也都来历不明。

我再一次走近父亲。这个逐渐老去的男人,幼年父母双亡,四处闯荡。他的祖上曾经出过一个武举人、一个秀才,未入仕途皆双双早逝,这让这个家族变得没落,甚至不为人知。而今唯一留下供后人追念的是百年之前贴在宗祠中梁上那个巨大的"福"字。在经年风化的岁月里,它的墨迹和纸张已经深深地沁入木质里面,走笔、回锋依旧清晰可见。它悬于宗祠中央,满脸沧桑、孤立在上。"福"字贴于中间,不偏不倚正对大门。外面则是一口池塘,绿水盈盈;远处是一片平坦的农田,四季皆有后人劳作歇息的身影。它就像一只洞彻春秋的眼睛,观看这一方天地的朝夕变迁。多么深远的一个字,饱含一位先人对子孙的万世期望,囊括所有。

他的父亲,一个绝顶的账房好手。至今提起,方圆数里的老者无一不张大嘴巴,伸出一根大拇指。可以将算盘置于头顶拨打而分厘不差,一支毛笔写出的字仅有米粒大小。所记录的账目精准无误,一目了然。这些零散的碎片是父亲那头族人的口述,他们以一名长者的身份向一位后辈诉说亡故先人的身世来历以及才华。诉说总是庄重、沉静，让人听着肃然起敬。显然他们没有考虑这样的述说结束后，会在一个后辈心里猛烈撞击发出声响，这样的声音于他们是无形的，只有那个后辈自己能听见。这个祖上曾经才兼文武的家族到我父亲一辈怎么就花落荒野、河水分流了呢？这些都无从考证。我多次试探性地在父亲面前摊开这个话题，他总是沉默不语。包括他的祖上，即使最风光华丽的时期，他也从不曾提起。只在前些年的一天上午，他让我陪同一起去他族人的宗祠，把我拉到那个"福"字下面，凝望了很久很久。然后问我有什么办法可以让它永久地保存下来，不再腐蚀也不被虫咬。他还在一个阳光温暖的下午，将那些压在老相框下的旧照片，一张一张清理，拿到阳光下晾晒。到城里的照相馆请照相的师傅一一翻洗再塑封，春节一家团圆时分给我们兄妹一人一份。像是在交代某件事情，而那件事情让我感到害怕、慌乱和疼痛。

父亲真的是已经老了，老得我们不敢提起，只剩下心痛。

6

这些年，我一直长久地生活在南方。彻底摆脱了那个我成长过的村子。然而，它并没有消失，至今仍然存在，只是随着城乡的兼并和调整，已经划归进了另外一个镇里，也整体迁移到了一个新的地方。齐刷刷的两层小楼，宽阔的水泥路直通门口。自来水、太阳能热水器、有线电视和宽带网络，这些城里的便利一应俱全，俨然已经脱离了农村与生俱来的土气和俗气。只是那个曾经生机勃勃的村子，除了一排排阔绰洋气的房子，就只有野草和树木依旧旺盛。田地荒芜、泥土干裂、河水也变得浑浊不堪。鲜少见到年轻活力的面孔，他们和我一样被一个叫作"打工"的词牢牢地绑在某个繁华的角落，与城市接壤。曾经在村里的生活，让我们的成长变得坚韧，而我们的离开，却让它变得更加苍老。

我长期把自己关闭在一个不足百平米的房子里，终日大门紧闭，不与人交流。有体面的工作和稳定的收入。从一个地方迁至另一个地方，从一座城市赶往下一座城市，打扮时尚，品位随流。对城市越来越熟悉，对村里的人和事却逐渐陌生。不知从什么时候开始，我在村子里的身份由主人变成了客人。认识我的老人对我客气有加，视为上宾，我享受着一个客人被热情招待的所有礼遇。而太多的年轻人在看我时，眼神里都带着冷漠并对我的出现感到莫名其妙。我们双方都要猜测彼此的身份。更不知从什么时候开始，我已经忘记了泥土和青草的气味。它们曾经离我是那么近，让我觉得像是构成身体的某一部分。倒插户的身份也已然从我身上淡去，就像是一块长年暴晒于阳光下的花布，日渐褪了颜色。至于那些弃婴与那场盛大的革命都太遥远了，我伸长双手也感触不到那份疼痛。水稻、农耕、香火、宗祠、贫穷……终日奔忙，我已然无力记起。它们消失在我现在的生活里，跟许多的人一样去向不明。我知道，还有更多事物将被我遗忘，而我最终也将被所有人遗忘。

当父辈述说先辈和他们自己的故事来历时，除了带有传统的传承意义，更像是一群无辜的孩子。他们害怕我将这些事情忘得干干净净，害怕有一天我会将他们忘得干干净净。他们一次又一次不厌其烦地说起这些，只是在提醒我一个不可磨灭的事实——这才是我的根，是我生命和生活的源头。我除了聆听，唯一能够做的，就是将这些一一记下。某一天，当他们说不动了，我不至于感到孤独和恐慌。

2007 年于广州　一稿
2011 年于上海　二稿

三个祖父之死

一

我的祖父死于1943年春天。迄今为止,没有人记得他的相貌,也没有任何一个人知道他死亡的具体日期和时间。知道这些的人全都已经死了,并没有将与此相关的细节传承给我们依旧还活着的人。在我们所有人的记忆里面,他的存在仅仅只是一块阴凄的墓碑。我一直疑惑,房族众多死去的先人,每个都有固定的形象和特征,一箩筐的生活事迹,唯独祖父像从不曾与这个世界有过任何接触。他什么都没留下。

然而,在我们的生活中,却又总是无法绕开这个确实已经不存在的男人。他就像月光下一个永远跟随我们的黑影子,一直在我们身后晃荡，从我们出生的那天起便是这样。每年，我们在清明节或者除夕，想对这个被我们热情称为祖父的男人进行怀念时，也是如此，除了那块立于乱草丛里的墓碑，我们对他一无所知，更无处追怀。最后，我们只能在他坟前放挂长长的爆竹，然后一把一把地烧纸，烧很多很多的冥纸，直到那些热烈的火焰把那块冰冷的墓碑烤得发烫。这时，我会尽量做到肃穆并且悲伤，也会尽量让这种对已死亲人的怀念印在脸上。但我一直不敢说出，这种悲伤和思念统统都是假的。只是为了配合那种场景，配合"亲人"这一词背后的道德意义而伪装出来的。

它们是那么不真实。我不知道该怎样去怀念一个在记忆中从来不曾出现过的人，更不知道这种悲伤该从何而起。即便最亲的人也是如此。祖父的形象仅仅只是以单纯的祖父这一称谓留在我动荡的生活里。除此之外，他更像是一个遥远的虚构出来的人物。我是无法对这样一个虚构出来的人产生悲伤和思念情绪的。我缺乏营造这种悲伤的能力，不知要将怀念停留在哪一个部位之上，它缺乏一个着落点。就像当我想起一个人时，首先会想起他的样子，再顺着他的样子一直往细节上延伸，想起与他生活有关的片段。可是这些在祖父与我的生活影像中，全部都是大段大段的空白。

母亲说她也从未见过祖父的样子，不知道他的生日，也不知道他的忌日。她说这话时干净、利落并且语气十分随和。根本听不出她是在说自己的父亲，完全像在说着一个与自己毫无瓜葛的人。我每次都要从她说话的语调中去捕捉祖父的身份，以及他与我们之间的关系。但是很快，母亲会巧妙地把话题转移到祖母身上。她对这个女人有着与生俱来的同情和哀思。由于父亲招亲的事实，我们家对长辈的称呼几乎全乱了套。我的祖父祖母并非是父亲的亲生父母，而是母亲的。从生物伦理学的角度上说，我应该喊他们是外公和外婆。但从父亲决定招亲的那一刻开始，这一切就全都变了。曾经在很多年的日子里，我都被这些违背常理的称呼搞得神经紧张，生怕一张嘴就喊错对象。而这时如果母亲开始纠正我，父亲则总在一旁不说话，只是阴沉着脸。也有许多次，他趁母亲不在时，偷偷告诉我：别听你妈的，你刚才的叫法是对的，就应该是这么叫。所以成年后，每次我向母亲探听关于祖父的事情时，总会选择一个父亲不在场的时间。这样我们的谈话会更轻松和直接。可是，在正式谈论这些话题时，母亲又会阴沉着脸：这有什么好谈的。我一直猜测，大概是因她根本没有见过这位父亲，不知该跟我谈些什么。

母亲对父亲的概念是完全淡漠的，这种淡漠有时会像铁一样坚硬和冰冷。她一直与祖母生活在一起，即便在那些最艰难的日子里，她也是一直在祖母的护佑下，相依为命。她的原话是：你的爹爹（安徽南部对爷爷的称呼）死得太早了，是个短命的可怜人。他祸害了你奶奶的一生。我的老娘在世上活了一生，就被人欺负了一生，也苦了一生。千篇一律，话题就从这里带着汹涌的潮湿味道开始了。我的祖父为家中长子，而这个家族在民国最鼎盛时期共有三十六人，在同一口锅里吃饭，同一座院子里起居，由家族里最年长的金花婆婆持家，一个威望极高的瞎子、寡妇。她操持着这三十六人的起居饮食、财物及劳作。双眼虽瞎却心明如镜。这个家族里有着众多的职业——郎中、先生、泥瓦匠、木匠、金银匠、捕鱼的、卖货的、剃头的、种田的。除了怀里抱的婴儿及地上爬的孩子，所有人各司其职。男人们做着男人的事情，女人们做着女人的事情，把日子过得热火朝天。

这个周氏家族在当时周边的村子里，毫无疑问属于大户人家。而我的祖母，在出生后不到六个月，便以童养媳的身份被送入这个家族，由祖父的母亲亲手接过，养大成人，成为祖父的女人。可祖母在这个家族里生活了整整六年，祖父才哭叫着降临在这个院子里。她亲眼见到这个健康的弟弟出生，也亲眼看着这个弟弟日后成为她的丈夫。这种年长的童养媳在当时有着特殊的意义，她有个更加具体且带有强烈目的性的称呼——等郎媳。祖母成为等郎媳，最直接的原因便是我祖父的母亲经年不孕。这是让所有族人都胆战心惊的问题，有近乎灭族的风险。他们开始日夜商议，揣摩着是不是哪里风水出了差错，哪座祖坟安葬得不好。家里现成的郎中也成了摆设，他的药方一剂又一剂，药渣子几乎铺满了屋后那条土路也不曾让那个女人的肚子鼓起来。

按照当时的习俗，解决这种无后风险另一个最有效的方法，就是找户人家，先抱养一个儿媳妇回来，以此催孕。并以喜庆的爆竹声诏告四邻与先祖——我们已经为将来的儿子准备好了媳妇——等郎媳。等郎，等郎，这一等，便是六年。我一直在思考这样的问题：如果我祖父的母亲终生不孕，或者她如愿生育却膝下无子，祖母一生的命运该会是怎样呢？母亲说如果那样，她可能会被送往下一户人家，也或许就此一人孤老到死。但她绝回不去亲生父母身边，她的娘家人不会收留她不会要她。习俗坚决不能容忍这样的事情发生，绝不可以，那样会败坏名声，给她娘家人招来霉运，甚至灾祸。

祖父日益成长，跟随家中先生上了几天私塾便拜师学艺，成为这个家族里唯一的剃头师傅。终日早出晚归，挨家挨户上门给人剃头、修面，换些碎钱。十八岁便与大她六岁的祖母行正式的成婚礼。十九岁产下一女，二十岁离世。这是母亲对他这位父亲的所有记忆。这也是我从母亲的谈话中，唯一能捕捉到关于祖父的部分。

随后，这个男人就果断从我们的对话中消失，像他短暂的生命一样彻底不见了。他活了二十年，供我们谈论的时间不足两分钟。我反复追问母亲关于祖父的死因，困惑他为何只活到二十岁就死了。她的回答依旧那么平淡而随和：不晓得，听你奶奶和老辈人说是突然害大病，害死了。一直吐血，大便小便全都是血。血吐完了就开始吐脓。家里的郎中治不好，请外面的郎中也治不好，就死了。

我一直为母亲这种粗略的描述感到惋惜和遗憾，也一直对她这些稀薄的记忆产生怀疑。她从未见过祖父。但是作为祖母，她年长祖父六岁，在同一屋檐下昼夜相见，祖父从生到死的短暂二十年，毫无一丝遗漏，早已全都刻进她的生命里。而她与母亲相伴数十年，怎会不与母亲仔细说说她的男人呢？母亲也定会像我这般追问。可事实隔着时空扑过来就已经成为现在这样。这些事情都太遥远，见过祖父的人也都已经死了许多年。

2012年除夕前一周，我回到乡下那个已经完全变样的村子。长辈中还健在的老者仅剩几人。和往常一样，我会和他们一起坐坐，跟他们说说我现在的情况，也探听一些他们的现状。然后，就聊一些没头没尾和已经过时的话题。族中最年长的爷爷在那年夏天患上轻微的精神分裂症，一半时间清醒，一半时间总是浑浑噩噩，经常反复说着同一件事情，一句话会重复许多遍。那次，我去探望他，他显得比以往任何一次都要热情。十分钟内，为我泡了三杯浓茶，他每泡一杯都坚持认为前面泡的那杯茶是别人喝过的。他手里一直拿着用竹根雕成的烟斗吸黄烟（一种旱烟，烟丝呈黄色），把藏在抽屉里他认为最好的那包香烟递给我。我们聊着聊着，他突然神色紧张且严肃，叫我要为我的祖父报仇。

我被这突如其来的转变弄得不知所措，认为他大概是犯病了。但他的语言很清晰，逻辑缜密，表情也很坚定。他说他记得我的祖父，现在也只有他一人记得，那些以前的事情他到死都不会忘记。他把手中的烟斗紧紧拽着，看着我的眼睛一口气说完了这样很长的一段话：你爹爹（爷爷）死的时候我六岁，很多事情都不太记得，但是你要为你爹爹报仇。那些作恶的人不会有好报应。族里现在没有哪个后生长得像你爹爹，那时候他哪像个剃头的。一长二大，白白净净像个书生，都说他是个花花公子，招人喜欢得很。金花婆婆一直把他当宝。比你高多咯，就是太短命，才二十岁就死了。他是被人活活打死的。就是被那个人家打死的。他用烟斗朝前门屋角的方向指了一下——就是那人家——他们说你爹爹不正派，偷人，偷了他家女人。一大家子人把你爹爹围在地上打。杨园村有人看见了。他们打完，往你爹爹嘴里灌石灰水和头发。你爹爹回来就开始吐血。肚子鼓得跟山包似的，上吐下泻，水米不进。后来吐脓，肠子都被石灰水烧烂了,能不吐脓?请郎中都不治,几天就死了。金花婆婆舍不得你爹爹,叫家里郎中开副狠药送送你爹爹。后来,没过多久她也走了。

我听他一口气说完这些话,趁他吸黄烟的空档问他,偷人的事情有没有证据?他的回答一脸茫然:哪有证据,你爹爹在给人家堂客(妻子)剪头毛。他说到这里似乎想起了许多事情,不说话,一直闷声吸黄烟。他把堂屋的灯拉开,随后又关掉,从后墙上那个很小的窗户,朝外晃了一眼,像是很谨慎的样子小声说:不过,后来呢,也传过一些风言风语。你爹爹那时候还是个孩子,回家不敢说实话,又被家里打了一顿。那人家当时红火啊,有势力,家里有吃公家饭的。他打人打出了诀窍,不留伤,怪事吧。再后来,他说着说着就会重复那句——作恶不会有好报应……无论我再提什么问题,打听祖父的什么事情,他要么答非所问,要么只顾自己说话,要么就是停下来那么痴痴看着我,叫我抽烟、喝茶。

那天下午的谈话,让我觉得像是过了一个难挨的冬季那样漫长。他把我毫无印象的祖父,从遥远的几十年前,一点一点地拼凑出来。在那间光线暗淡的屋子里,我无法确定他说出的这些事情和细节是否真实。但是他对祖父死前那段惨状的描述与母亲口述的完全一致。我宁愿相信祖父偷人这个不光明的事实,也愿意相信他的死亡有某种不可告人的成分。但无论如何，我都不敢想象往一个活人肚子里灌石灰水和头发的场景。它是那样的残暴、锥心和泯灭人性。

我把这位患有精神分裂症的长辈说过的话，全部都梳理一遍。我的这个家族当时人丁兴旺，老少和睦。祖父是小辈中的长子。祖父的母亲长期不孕带给家族的焦虑，使祖父一出生就受到所有人的娇宠。身材修长，俊朗并且潇洒，日常有些花花公子的行为，讨女人欢心。他离奇的死因，引起众多的风言风语，让整个家族跟着他蒙羞，并且让这个家族长时间笼罩在作风不正的阴影下。我祖父的这些亲人，在舆论里丧失了断明真相的勇气，并以今后不再提起此人，来达到遗忘这段不堪往事的目的。

他死于1943年春天。这个时间是我与母亲决定的。母亲说祖父死时，他唯一的女儿，也就是我现在姑姑，才不到九个月。根据这一数字，我和母亲一起，把祖父的生命牢牢钉在1943年春天。一个万物都在生长的季节。而我们也确实需要这么一个日子，来终止记忆中那无限延伸下去的空白部分。

事实上，我的母亲并非祖父所生。母亲出生时祖父已经死去许多年。我的父亲是招亲的上门女婿，与祖父也没有半滴血缘关系。但所有人都确信无疑，我们是这个早逝男人至亲的后代。母亲也一再强调他是自己的父亲,强调我们都源于祖父。这样的事情听起来颇为怪异和荒唐,我花了许多年也没有完全弄明白。而事实就是如此,从来没有人可以改变这一切。没错,这是一个十分复杂的现实,正如你们所看不懂的那样复杂。

二

母亲的出生是个彻底的意外。这种意外一直以来背负着沉重的道德枷锁。

祖父的离奇死亡,让整个家族遭受到前所未有的创伤。原本热闹和乐的生活,随着这个年轻男人的死亡划开一道疼痛的裂口。尽管所有人对他的遭遇和事迹都缄口不提,也尽管所有人都不承认他死于非命,这个家族的灾难仍然悄然而至。先是鸡瘟,栅栏里的鸡几乎在一夜之间死绝。然后整个村子里的鸡鸭相继而死。牛蹄开始腐烂,无法下地耕种。猪圈里几只精壮的肥猪也终日不食,最后死去。庄稼歉收自是必然,就连晒干的谷物也不及往年灿黄和饱满。家里的那位郎中在这些事情上,再次成为摆设。

而在1943年村子以外的地方,日本人正像蝗虫一样扑向大地。他们几乎以不可阻挡之势横贯南北,以不可阻挡之势血洗山河,也以不可阻挡之势泯灭人性、荼毒生灵。对我的族人来说，他们依然只是沉浸在那些一次又一次，类似鸡瘟那样细碎的不幸之中。战争对于他们来说太遥远了。他们经历了那段漫长的战争时期，却从未真正亲历战争真实的惨状。尽管日本人的飞机偶尔从天上狂啸而过，一些有关杀人和日本人恶魔般劣迹的消息飘进村里，他们在咬牙痛骂之后，依然是春天下秧，秋天收谷，为那场鸡瘟和死去的几头猪而长年痛惜。这场战争似乎与他们没有直接的关联。除了一些听来的怒火，他们一直在过着自己艰难却不血腥的生活。而事实也确实如此。在我的印象中，我所生活过的那座村庄，是这个国家为数不多的未遭到日本人践踏的村子。它似乎从来就是那么闭塞，那么风调雨顺。以至于我现在回想起这些往事，竟无法准确说出它的太平是幸运，还是不幸。

我的祖母，一个裹着三寸小脚的女人。走起路来，让人担心她会一头栽倒。她用她细碎的步子，歪歪扭扭地走完与我祖父一起的短暂时光，二十六岁就开始过着一个年轻寡妇的生活。在那个年代，寡妇绝不是一个轻松的词。它是带有极为浓重的轻蔑性的身份。战争可以遥远，炮火也可以听不见，而一个寡妇的生活，却像粒粗砾的沙子一样硌在所有人的眼睛里。在这个封建思想仍然顽固的家族中，以及在这个村子纷繁的口舌中，她失去了唯一可以支撑起她命运的支柱——我的祖父。而我祖父离奇的死因，或者不光彩的死因，又让她丧失了所有正常寡妇应得的同情和怜悯。她像是一颗生下来就注定遭人遗弃的种子——被她的父母及娘家亲人遗弃，被小她六岁的男人遗弃，被富贵遗弃。最后，在寡淡如水的生活里被众人遗弃。

她膝下无子，失去了唯一可以用来抵消所有不幸，用来逃出生天的最后机会。那个早逝的男人并没来得及给她留下一个儿子。所以在我的理解中，她对祖父一生的怀念绝不仅仅只有悲伤和思念，还应该掺杂了少量的憎恨。

我们从来没有听祖母谈起过祖父。她这样一个裹着小脚的封建女人，永远不会当着晚辈的面说出自己的情感遭遇。她认为这些是绝对私密的，羞于启齿，并且认为当着我们这些儿孙的面谈这些事情是违背道德的。她把所有公之于众的爱情都称之为淫荡和不要脸。背地里说那些拉手和拥抱的情侣，连遮羞布都不要了。她对母亲最多的教导就是三从四德，让母亲专于女红，不要抛头露面，不可以去人多的场合，见到家里来客人要立刻回避，连说话与笑的声音也要拿捏好分寸。可是我的母亲却并没有按照祖母培养的样子成长。母亲一出生这个社会就发生了彻底的变化。她不用裹脚，不用精于女红，不用完全依附于男人。她可以上学习字，去任何她只要愿意去的场合。她甚至化着老土又滑稽的妆，参加公社的文艺宣传队，四处演出。祖母认为母亲丢了祖宗的脸，被她的行为气得无法忍受。几次欲将母亲拖往门前那口池塘里活活淹死。祖母无法习惯这样的生活，看不惯的事情也越来越多。她从小就被根植的文化，以及对所有事物的认知，一夜之间全部颠倒了。再后来，她甚至完全不知道该怎么与别人相处。祖祖辈辈、一代代言传身教的文化、习俗与礼仪，横亘在她体内与她整个后半生作着斗争。包括在我们幼年，她经常被母亲一些正常的行为气得咬牙切齿地大骂：你这嫁人的（安徽南部用作骂女性，语气不同，骂人的程度不同）是嫌我命长，巴不得我早一脚死吧！等我死，你就可以翻天了！然后对着我们又说一遍：等我死了，你们都要翻天了！

那时候的我们太小了。小到分不清祖母为何总是找母亲吵架，小到在吵架时，我们不断把口水都吐到这个老女人身上。还有她的一双小脚，那两只像烂红薯一样让人恶心的小脚，我们绝不愿意目睹，不与她共用一个脚盆洗脚。帮她拿那双细尖细短的黑色绣花鞋时，也总是用两根树枝夹着，老远就丢给她。她总是一副满足的样子冲我们讪讪地笑，顺带着会说一句：我的儿都会帮奶奶干活儿了。而在她把那些破裤子烂袜子缝补了一遍又一遍后，也会对坐在门槛上的我说起，她在祖父死后的多年里，被我的族人分别以十箩筐稻谷卖往三个不同的地方。一次比一次遥远，一次比一次惊险。

现在回想起来，祖母在说这件事情时，脸上毫无愤怒与憎恨。相反，她把这个当作是她此生唯一值得骄傲的遭遇。她告诉那个少不更事的我：人呐，只要你想在一个地方扎根，雷公都莫得办法。我还不是在彭家榜扶起一户门框？她每次都会用这么一种质问的口气来坚定自己的那份自豪感。这也是我成年后对于"扎根"一词最深刻的理解。而在那些日子，每当她说到这里，我都会停下来告诉她：等没饭吃就把你卖了，卖远远的，换稻子回来。她听完依旧只是眯着眼睛冲我憨憨地傻笑，眼睛眯成一条缝。

她谈得最多的另外一件事情就是1943年冬天跑来了日本人。那个骑着大黄马的保长说日本人已经打到不远的村子了。火炮弹把人都炸成粉，河沟里流的全是血，河滩上和稻田里随便就能见到被炸飞的断手断脚。他的话一说完，全村人就都吓傻了，也跑光了。祖母说她背着包袱，抱着我一岁半的姑姑挤在人群之中狠命地向前跑，不知道要跑去哪里，只知道一直朝前跑，哪里人多就往哪里跑。后来跑进山里，在山上躲了几日，见日本兵并没有打过来，就一个接一个地回家了。可是回家后发现，村里所有的鸡鸭，猪圈里养了半年的猪全部消失不见。她说起这段回忆时总是抬头望向远方，仿佛陷入了那些逃难的荒乱的年月，脸上却一副无限滋润的样子。后来母亲说，祖母就在这一年躲日本人时认识了我的第二位祖父。在沿途哄乱的逃难保命的人群中，这个男人舍不得我祖母一双跑不动的小脚，怀里还抱着一个孩子，他大声斥责完祖母的男人没良心后便背起她一路奔跑。这样的奔跑使他跑进了我祖母的骨头缝里。成为后来与我有着血肉亲情的第二位祖父。

我的母亲对这位祖父有着总也谈不完的事情。她一直以来拼命尽可能地向我脑子里塞入所有关于这个男人的一切。可对于我来说，我的这位祖父，依然像是一个遥远的虚构出来的人物。在我的记忆中，他同样不曾留下半点影子。

1943年冬天，日本人的火炮弹和白晃晃的刺刀是全村人共同的噩梦。他们不知道这座村子什么时候就会变成乱坟岗，日夜派人守在村口巡逻，所有的生活必需品一律捆好，只等听见村口的那一声锣响，可以拎起包袱就跑。而我的祖母却对这年冬天保留了一生的美好。她永远都把这一年的冬天当成春天。只是这个春天比以往所有春天都要漫长。这个春天同时也没有阳光。她对这个背着她一起逃难的男人产生由衷的好感并心生爱慕。可她是一个年轻的寡妇——她要忠于已经死去的男人——她身后还有一个偌大的家族，以及视妇道如命的族人。这个原本在我眼里，一个战争年代以英雄救美式邂逅的浪漫爱情，却显得那样凄苦和悲凉。它降临在一片黑色的土壤之上，流出封建恶习的残渣。

此后，这个男人频繁登门。每一次的借口也都很新鲜。他只与祖母看上一眼，简单说两句话，然后与我的族人谈论一些七零八碎的琐事。谈论一些怎样应对日本人的方法，谈论农作物的生长。但时间久了，族人的睿智就开始闪光。他们发现这个男人隔三岔五到访，并没有什么具体正式的事情；他们也听说这个男人在躲日本人时，背过我的祖母；他们发现只要这个男人一到，祖母总会借故在院子里四处走动；他们发现祖母也不似以前那般忧郁，面色开始红润出来。偶尔出一趟门，回来时手里总会拎一个鼓囊囊的布袋包；他们还发现祖母偷偷躲着给男人纳鞋……

族人在发现这些不寻常的蛛丝马迹后，战争又变得遥远了。他们已无心考虑日本人到底在哪天会打进村里。他们的眼睛全都粘在祖母身上，对这个借故登门的男人，瞬间从冷淡变至冷漠。他们轮流监视着这个年轻的寡妇，期待某天有稍微清晰些的证据，来指证这些罪行并执行家法。他们同样要挖出那个野男人，让他身败名裂。

祖母的一举一动都像是在刀尖上跳舞。

这样的监视与看守旷日持久，直到日本人投降，战争结束。直到又一轮战争兴起，再结束。而祖母始终在心里小心地守护着她的那一个春天，热烈地并且彻底地。她渴望阳光渗进来，照亮她生命的一切。

从我母亲后来的描述中，我隐约感觉到祖母是感到了真正的害怕。她几乎足不出户，没日没夜地纳鞋底。给家族里每一个人做鞋子，为每一个人缝补衣服，包揽全家三十多口人每日需要浆洗的衣物、被褥。她通过一切力所能及的方式以换取别人的好感和笑脸，也换取在这个大院子里的一处栖身之地。另一个深层次的原因，她已经感觉到埋在心底的那个春天，已经滋长出可怕的危机感。而事实上，这样的情感投入是廉价的，回报亦是冰冷。我的族人在这时候，已经在密谋着一件大事——他们准备将这个年轻的寡妇卖走——他们正在商量着卖她的价钱。

这是1949年的冬天，祖母应该是觉察到了某种异常。一个人在感到惧怕的日子里，嗅觉和听觉会同时变得灵敏，它们总是能捕捉到一些与危险相关的气息。她从门缝里打量着每一个过往的路人，看他们的着装和面貌，看他们走路的姿势是否匆忙，看他们手里都拿了些什么东西。她也期待在这些行人里面发现另一个人。只有这个人会让她感到山一样踏实。而那个人这些年从担货郎到店铺老板，从店铺老板再到生产大队的会计，已与这个家族不再来往。甚至连偷摸着捎信传话的人也消失了许久。除了我的祖母之外，所有族人都已然将他淡忘。可是事情总是在特殊的时候出乎大家的意料，某天夜里，这个男人突然出现，带着一行人冲进这个家族，从众人手里，再一次救下了将要被卖往他处的祖母。

这一次的救难与上次逃难不同，这个让祖母长久期待的男人，此时代表着阳光和政府。他显然是做好了充足的准备，手里拎着厚厚一摞政府新政材料。1949年，这个新鲜的国家，一切都是崭新而激进的，而绝大多数人依然还是愚昧的。他用一份又一份散发油墨味的文件，抵挡住众多凶狠的眼睛。他把那些文件全都甩到桌上，一份一份地念，一条条宣讲。

我祖母心里坚守的那个漫长而又阴郁的春天，就在那一刻，带着阳光的温暖，摊开在所有族人面前。

这样的故事听起来既锥心又温暖。从1943年冬天到1949年冬天，又是整整六年。祖母同样用这六年时间，等来了他生命里的另一个男人——我的第二位祖父。这个男人的出现，注定让祖母一生都无法摆脱不守妇道的恶名。即使在1951年，他们在诸多新政的契机下取得了合法婚姻，也即使他们在次年合法生下了唯一的女儿——我的母亲。但是，在我的族人眼里，他们的结合依然背负着沉重的道德枷锁。我的族人与祖母的关系正式彻底破裂，陷入长期仇恨的困境。我的这位祖父与他族人之间的关系同样破裂，和他第一任妻子所生的子女之间亲情破裂，带着旷久而无法消除的恨意，长期发生争执与冲突。没有人愿意接受这样的现实。在他们眼里，这样的两个人结合在一起是件让人耻笑的事情。而我母亲的出生，会让这种耻笑永远留在世上并时刻提醒世人。

从1943年第一次相遇，他们历经两次浩荡的战争与诸多磨难，直到后来结婚生女，直到我的家族分户，祖母另起炉灶，再到1988年我的这位祖父离世，整整四十五年漫长的日子，他们也从未在一个屋檐下同室而居。他们各自的居所相隔数公里，终此一生，每次的相聚都形同赴会。母亲说祖父在后来，与他家族亲人之间的关系有所缓和并且他的子女愿意接受祖母后，他不止一次请求祖母举家搬去与他同住，相互照顾，过正常的一家人的生活。而祖母自始至终都没有同意。据母亲回忆，祖父最后一次央求祖母，几乎是带着决裂与胁迫的口气。而我的祖母，这个看上去弱不禁风的老女人，终于说出了那句一直以来藏在心底最狠的话：你死心吧。我不会跟你走，我的家永生都在这里。我要为我死去的男人把门框扶起来。不能让他枉来这世上走一遭。

她要祖父随她心愿，不要一再勉强，让她为难。她认为自己的一生已经十分艰难，也像是个笑话，遭人白眼和唾骂。但是到老，她要让人把这个笑话笑到底。她背着母亲含泪哀求祖父：我知你待我有恩,也待我有心,你若心里还有我这个是非人,就留个物件让我后半生有个念想。

我无法感受我的这位祖父,他听到祖母这席剜心的话时,是怎样的感受。他一定觉得这个女人让他遭受到了前所未有的羞辱,甚至是利用或者欺骗。母亲躲在角落里,只见他听完祖母这番话,一声未应,脱下身上那件及膝长袄,狠狠砸向祖母,然后扭头便走。把那扇破木板门关得炸响。此后数年,不相来往。直到我的这位祖父,在那一年夏天因病而终,祖母也没有为自己的决定坦露出丝毫后悔和亏欠。只是在我这位祖父离世后,祖母一直用他的那件长袄作为枕头,四季不离。

祖父死时,祖母不知情。那天她坐在门口的小竹椅上,纳鞋底时掰断了三根针,扎伤一次手。她向母亲抱怨自己老了,手脚越来越不中用。祖父躺在床上弥留之时,用尽最后一丝力气,从围站在他床前的亲人中一次次寻找,又一次次摇头。最后,他在咽气的那一刻,将脸朝着东南方向。而我们和祖母的新家就在东南方。

祖父临死前交代我的母亲:在他死后,不要为他哭丧,也不要为他流泪。他知道眼泪这个东西越流越害人。流得再多也不起作用。日后也不要与他那边的后人来往。跟着祖母把日子过兴旺,把门框扶得正正的,硬朗朗的。每到七月半去他坟前烧三刀纸,喊三声有福的父亲就足够。其他日子不必想他，也不必记他。

我们一直秉承着他这种让人揪心的遗言。每到清明和七月半都会去他坟前祭拜。但是我们也一直与他的后人，保持着亲人间的感情与来往。而我的祖母，那个颤颤巍巍，一走路就让人担心要摔倒的女人，在我八岁那年就已早早死去。她在那年春天的下午，扫地时摔倒在厨房。我试着将她从地上搀扶起来，可是那一跤像是摔走了她所有的骨头，她的身子软得像是一小团破布。然后，我眼睁睁看她瘫在地上，看着她的嘴巴开始变歪，鼻子变歪，脸和眼睛也慢慢变歪。她一次次企图用手里的笤帚撑起那具已经破败不堪的身体，又一次次倒在地上。这身体已经完全不受她的控制，已经太晚了。"把我扶起来，把我拖到椅子上去。"她在向我求救的声音里面带着可怜与颤抖。而面对一个八岁的孩子，这样的求救是多么苍白与荒凉，又是多么的无用啊。那一刻，她再次陷入孤立无援的困境。她是绝望的、恐惧的。我知道，她怕死。

就在那个下午之后，她把一生的遭遇，以及所有不为人知的心思都带走了，留下一个又一个让人看起来清晰明朗却又无法分辨的谜团。我有太多的问题无法确认，也有太多的细节无处求证。我想听她亲口把从生到死的经历和遭遇统统细说一遍，把她和那两个男人之间的故事再细数一遍。让我能够对她的一生做出一个公正的评价。可是，什么才是公正？我又有什么资格去裁定这样的公正？去评判她如此卑微而又凄苦的一生呢？

我没有。我体内流着她身上被人们认为不道德的血液。而我的生活，一直以来都是这样安稳、这样太平，享受着明媚的阳光和温情的雨水。

三

自记事开始，父亲从未在我面前主动提起过这两位祖父。

也是自我记事开始才逐渐弄明白，这一前一后两个男人的共同之处是——他们都与我的祖母有过一段离奇的婚姻生活。除此之外，他们另一个极为核心的共同之处便是——他们有着相同的姓氏——他们都姓周。这样，我与母亲延续这一姓氏，从表面上看，可以作为他们其中任何一人的子孙。某种程度上，这也消减了祖母在内心对他们各自的愧疚。因为在传统的文化观念以及现实的生活之中，姓氏绝对是一个家族传承并留于世上唯一的标记。它远比血缘亲情更能经受时间的淘洗。

我一度认为这是祖母的高明之处，甚至觉得，正是这一相同的姓氏，才更加坚定了祖母对我第二任祖父的好感，并愿意为他冲破道德的束缚，成为众人眼中不守妇道的女人。

她在与我第二任祖父撕破关系的那天，除了向祖父索要了一个留作念想的物件外，还恳求祖父为他们共同的女儿——我的母亲，招一位上门女婿，作为她那个死去男人的后代，把门户立起来。这又是一件听起来刺痛人心并且荒谬的事情。她不但不随着祖父一同迁去，过正常的家庭生活，竟要求将他们之间唯一的亲生女儿，替她死去多年的前夫延续香火。这对一个男人来说无疑是情感和尊严的双重摧毁。而我的这位祖父，在后来的日子确实也将他全部的精力都用在这件事情上。他到死都没有再见祖母，但是成功地为我母亲物色了一个愿意入赘并且相伴她一生的男人。我们喊这个男人是父亲。母亲说在他与父亲结婚之前，多次登门去请我的这位祖父参加他们那场寒酸的酒筵。这个倔强的老人自始至终都没答应，也不曾出现在母亲与父亲的婚礼上。他只是在最后一次母亲登门拜请他时，很轻淡地问了母亲一句：我那件长袄还在不在？

而我的祖母，她不但将那件长袄保存得完好无缺，还从不让任何人碰它。纳土布鞋的习惯也一如既往，从未改变。她总是会给我这位祖父纳许多新鞋子，再让母亲亲自送过去。每次都会叮嘱母亲要亲自交到他手上，不要逗留太长时间，鞋子送到喝杯水就回来。母亲回来后，她也只是若无其事地问一声他喜不喜欢，便迅速地将这件事情遗忘。据说就在祖父去世的那个下午，祖母坐在门口纳的那双鞋子正是为祖父准备的。

  我始终无法理解这样的两个老人，他们的一生到底是以什么样的身份相处，他们之间到底是一种怎样的情怀。

  可是，这一切在我父亲看来好像显得并不那么重要。他对祖母极为孝顺，包括祖母在晚年摔断腿的漫长日子里，他长期背着祖母出入、背着祖母到阁楼上睡觉、再背着她从阁楼上下来。这种孝顺甚至招来村子里许多人的嫉妒，也引得一些不怀好意的人开始挑拨是非。父亲对祖母的孝顺越是关怀备至，就越显得明目张胆，也越容易引起祖母的不安。她一直认为这个会识文断字的男人早晚有一天要抛下她们母女，远走高飞。也一直认为这个男人对她越好，就越是有所企图，心怀不轨。这是一种多么独特的逻辑判断能力啊。她用自己那双并不清澈的眼睛观察父亲的一言一行，留意父亲都与哪些人交往，记下父亲每次出门后在外面逗留的时间，并偷偷在背地里搜罗所有与父亲相关的事情以及别人对他的评价。她对这个男人太不放心了，这种担忧远远超过我那个年轻的母亲。她把自己所掌握到的讯息，私下里全部灌输给母亲。叮嘱母亲一定要看好自己的男人，不能让他有任何出走的动机。

  她曾经利用父亲去淮北矿务局工作的机会，来试探父亲对这个家庭的忠诚。结果她赢了，她用自己强硬的方式把父亲留在那个只需要体力而不需要知识的村子。又成为另一件值得她晚年无比骄傲的事情。尽管那时他们的生活处于一段非常艰难的岁月，尽管那段漫长的岁月艰难到无米下锅。她依然是霸道地赢了。在告别了两个男人的生活后，她终于又迎来了一个需要让她更加费尽心思的男人。而这个男人关乎着她与另一个女人的命运。我的那位第二任祖父，虽然与我家相隔数里，却从不与祖母见面。但是在这件事情上，他们似乎有着惊人的相似。他通过自己的各种渠道和人脉，来探听父亲的一切事情。当他认为某些事情可能会带来一些严重的后果时，便会找人传话给我的母亲。多么一致的行为啊。这两个孤独老人可爱的举动，透出一个强烈的信号——他们并不信任我的父亲——我的父亲不属于这个家庭，他与这个家庭之间永远隔着一层不可逾越的、无形的纱幔。

这层纱幔让父亲长期活在两双眼睛的监视之下，这两双眼睛都一样沧桑，一样混浊。自从父亲同意招亲，在那份招亲作保的文书上签下他的名字，再按上那枚鲜红的指印开始，他就让自己成为一个陌生人的儿子，彻底把自己交给了这个家庭，再也逃不掉这样的两双眼睛。这个曾经在那场浩荡的革命中被定性为造反派头子的男人，即便在他失去工作与经济来源的那段日子，即便在他已经无家可归的那段日子，也即便在他成为阶下囚后可能葬送性命的那段日子，他依然保持着优雅、工整的读书人的形象。但是他曾经目空一切的傲气，在那场革命的洪流中，已经被冲刷得荡然无存。他尽自己最大的努力坚守着一个男人最后的尊严。在那份招亲的文书上坚决要求在场作保的见证人写下一句：终生不改姓氏。而这句话完全违背当时招亲的习俗。按照习俗的规定他需要与我母亲互换姓氏。他从章姓改为周姓，母亲由周改为章姓。只有这样变更了姓氏，招亲才具备意义。否则招亲的事实就不成立。

父亲在所有事情上都让步，唯独这件事情他丝毫不退让，绝无协商的余地。他尊重并且敬畏自己的姓氏。这也是他最后值得坚守的领地。在他招亲的那段时期，除了身上有几本不值钱的破书，唯一剩下的就是这个从祖先那里传承下来的姓氏。他对这个姓氏的感情超过了对我母亲的感情，对它抱有毋庸置疑的忠诚。我记得在所有需要签字的场合，他都会很认真地写下自己的名字，并且会刻意突出他的姓氏，也就是那个章字，他会把这个字写得过于工整，过于用力，也会稍微大一些。他以这种细微而又无力的举动，来提醒所有人他不是一个舍本忘祖的人。父亲姓章，单名一个彪字，叫起来朗朗上口。他这个简单的名字里，丝毫没有媚俗的时代气息和底色。在我很小的时候，某天夜晚喊他吃饭，我学着村里一些老人放肆地喊他周章彪，结果话音刚落，他就狠狠甩给我一记炸响的耳光，铁着脸冲我吼：老子叫章彪。章彪，给老子记好了！是的，对于一个从小就背诵《三字经》《道德经》的男人来说，他无法接受更改姓氏这一让他寝食难安的行为。他甚至无法接受招亲那个刺人的身份。许多人的心里对这个身份怀有极重的鄙夷色彩。他们会在心里管他叫作野子或者杂种，他在所有人的眼里都矮人一等直不起身子。这无疑是对他的人格和精神的一种摧毁性的践踏。他需要从自己的姓氏上寻找到一种尊严和踏实感，并从这种尊严和踏实感里面获得慰藉。而也正是因为那句"终生不改姓氏"，让他从此生活在我祖母和数里之外那个祖父的双重监视下。他让这两个老人的晚年生活过得提心吊胆，惴惴不安。

我一直认为，父亲可能从来都没有真正爱过母亲。在我所有的记忆中，他们从来没有过任何温情的举动。吵架、怄气、互相指责、各自沉默。如果不是有我们四个孩子牵绊住他，我想他可能真的会远走高飞，这点与祖母的担忧一致。在我们几个兄弟姐妹出生之前，祖母把他看得死死的。这个刚强的老女人比她那涉世未深的女儿显然更加心思缜密。而我的父亲确实被她治得心甘情愿、服服帖帖。我无意对祖母与父亲之间的较量进行赘述，更无意对父亲的事迹做详尽的罗列。这个男人的一生有太多的心思和故事。在我那篇《来历不明》的文中,有过关于他素描式的刻画。我所要提及的是,在我这个最小儿子的心里,他是我们那个地方最俊朗的男人。潇洒、大方、气质儒雅,有一肚子学问,写一手漂亮的好字。永远在意自己的形象,永远让自己活得尽量体面。从他与母亲那张老旧的黑白结婚照上,一眼就能感受到他身上透出的那种英气逼人的气势,满脸正义,眼神澄明而又干净,一下子就盖住了母亲那种农民的土气。他们完全是两个不同世界的人。而在我们那个小地方,父亲曾经也确实火得炸响。最后在那场浩荡的革命下,他一腔热血的正义感与血气方刚的冲动,被一群庞大的队伍利用,被那个扭曲的时代陷害。也就在他变得一无所有之后,通过我的第二任祖父"嫁"给我母亲。用招亲这种特殊的婚姻方式落户到农村,换回一个贫农的身份从而救了自己一条命。

　　他与我们生活的那个村子格格不入,出现在任何一种场合都显得扎眼。在我们那个家里面,他好像从来也没有什么地位。所有大小事务他都没有决定权,家里对外对内的事情也做不了主,甚至连偶尔的建议和想法也会被我祖母或者母亲给挡回去。我一直认为他曾经有过许多次想要逃离这个家的想法。他总是以各种缘由离开这个家,也总是以各种理由出远门,可是过一阵子又乖乖地回来了,带给我们一些水果糖、瓜子或者极少的大米。写到这里,我不得不突出祖母的死。她的死亡应该是让父亲身上长期受到压制的那种男人的权威得到舒展,同时也唤醒了他对这个家庭的责任感。这是一种从未有过的强烈的责任感。从此以后,他就再没离开这个家超过一天,无论外出多晚都必定会回来。也是从那以后,他对祖母与我那两个祖父都闭口不提。这三个人好像与他的生活毫无瓜葛。他也好像不愿意承认自己是他们的后人。在祖母下葬,为她刻那块阴戚的石碑时,我曾指着哥哥的名字问父亲为什么哥哥姓章,我却姓周(哥哥随父亲姓,我和姐姐随母亲姓)。他用极为低沉却又十分清晰的声音回答我:你也姓章。

这是我第一次也是唯一一次亲耳听见父亲对我姓氏的纠正。而他也一定是从我这个极为随意的问题里,感受到了某种隐隐的担忧。随后每一年清明的前几日,他必会拉着我走三十多里泥路,去他老家祭拜章氏祖先,一个不落。这种古老的祭拜也尤为讲究:祭拜日期的前后,祭品的丰富程度,冥纸、冥币的多少,爆竹的长短直接反映出与死者的亲疏远近。所以父亲总是借路程遥远为由,领着我提前去祭拜他章氏的先祖,准备的祭品数量也一定不能比她周氏祖先的少,否则父亲会找各种琐碎的事情发闷脾气。

在那条我和父亲走了十多年的泥路上,他每年都会不厌其烦地跟我介绍章氏的族人——那些活着的后人都与我是一种什么样的关系，祖上都有些什么人，他们都有哪些作为以及最后都是怎么死的。他在讲这些事情的时候有着天然的亲切感并充满自信，像是跟我讲述一个又一个精彩的故事。他会刻意重复那句：章家的祖上都是一些有本事的人，能文能武，与周家的祖上不一样。我后来细细琢磨这句话才揣测出他的深意。他想通过这么简短的一句话，让他最小的儿子对章氏祖先产生崇拜。也用这简短的一句话告诉我周家的祖先可能都是一些没什么作为的粗人。而当他说起自己的父亲，那个与我从未谋面的祖父时，再自信的语调也掩盖不住那种明媚的忧伤。

他告诉我他对他父亲的记忆是很有限的。这种有限让他感到稀缺和难过。他说我的这位祖父是个地地道道的读书人，不会种田不会耕地，有着惊艳的才华和读书人应具有的那种风骨与气节。一生不求人，不做违心事。说起他的长相就仅仅只是风度翩翩，身材修长这类虚无缥缈的大词。从这些空洞的修饰中，可以感受到这位祖父在父亲心中不可比拟的完美形象。他说自己没有遗传到祖父的相貌，也没有遗传到哪怕十分之一的才华。他仅仅只是遗传到了一个不求人的倔强脾气，为此遭了不少罪。

在三岁时他便在祖父的威严与戒尺下识文断字，背诵《三字经》和《百家姓》，随后进入私塾。那个简陋的乡村私塾正是祖父与几个乡绅一起筹办而成，负责给邻近村子里的孩子传授知识，让他们日后不至于连自己的名字都无法辨认。私塾视不同家境收取些微薄的学费。祖父兼任私塾先生，而他的另一份主要营生是在城里一家店铺里做朝奉（类似于聘请的掌柜），家境也算殷实。他白天在城里帮东家把生意打理妥当，晚上就回到那个乡村私塾与一群叽叽喳喳的孩子念诵之乎者也。写到这里我脑子里突然蹦出一个画面：祖父着一袭长衫，戴着瓜皮帽，一手捧着书卷，一手搭在后腰，摇头晃脑念诵那些绕口的古文，下面一群天真的孩子，在煤油灯昏暗的光亮下跟着齐声朗诵，一起摇着那些像小西瓜似的脑袋，拖着长长的尾音，悠扬婉转。

他这种衣食无忧并受人尊重的日子没过几年，就被日本人的炮火毁得面目全非。漫天遍地的日本人涌入了那个小县城，见人就杀，见物就抢。他替人经营的那间铺子早已被东家弃之，里面货物洗劫殆尽。私塾也已关闭，大家都四散逃命。他凭着读书人的那点气节，果断加入青联社（国民党一个抗日救国的青年人社团），然后四处秘密联络，商量着一个又一个怎样报复日本人的计划，怎样保护乡邻。他几乎把家里值钱的东西变卖干净，用来维持他那些宏大的计划。后来在那些计划频频失败之后，家里只剩下空空四壁。炮火依然纷飞，日本人更加猖獗。直到他和全家人的生活都干净得像风一样的时候,青联社安排他进入一家报馆做着类似编辑的工作,辗转从我们所在的那个被日本人占领的小县城前往金寨县。父亲说他这时候骑着一匹白马,穿着开扣蓝衫,脚上是黑皮鞋,煞是潇洒。他在祖父第一次回来探亲时,发现那件蓝衫口袋里有足足六百块钱。于是与我的叔叔商议偷偷拿下了一百贴补家用。第二天被祖父发现用手指节狠狠敲了一下他的脑袋,祖父极其愤怒地告诉他:今后不可再干偷盗之事。

而在1949年后,我的这位祖父再次成为无业游民,回到村里过着窘迫的生活。他那特殊的身份也让他注定晚景凄凉,从享受乡邻的尊敬而成为众人打压的对象。由于生计已经无法维持,这个家庭的灾难已经逐渐凸显,我的父亲在1952年拜了一个铁匠为师,从安徽前往湖北麻城学徒,一去十年,避开了这个家里的所有祸事。由于铁匠的营生要四处奔走,没有固定地点,这十年他与祖父、祖母以及他的弟弟联系全无。他不知道这十年里家里所发生的一切事情。在1958年他第一次回来探望,发现家已不成家,村子也不再像村子。树皮脱落、家畜全无,饿死的人直挺挺地躺在门板上。活着的人瘦得像石头,他们没有力气掩埋这些死去的亲人。村里大多数人家都已经没有门了,它们都被卸下用于摊放死人。而祖父这一年,臀部长了一个碗口大的肉瘤。父亲见他用软布片包着那个肉瘤，再用细薄的竹篾片从四周箍住。让它可以在走动时不直接摩擦到裤子而产生剧痛。这样的病痛在那个年代根本不值一提，没有人会放在心上。饥饿，饥饿，饥饿，所有人都在忍受饥饿。我们不可否认，饥饿是一切力量里面最不可抵挡的力量。它会把整个人的身体、良知连同精神逐步掏尽，让人回到最原始的兽性和渺弱。

祖父在父亲离开后的1959年，躺在床上活活饿死。在那间四壁干裂的老房子里，他的女人守在床边，眼睁睁看他饿死，又眼睁睁看着他的尸体摊在床上数日。几个月后，她也活生生饿死在那张木板床上。临死前所有指甲全部脱落，那木床的床沿上留下一道一道弯曲并且深长的抓痕。他们死时，我父亲和我的那个叔叔都漂泊在外，他们的尸体后来被我的堂伯父草草埋在后山。据堂伯父回忆，我这位祖父死时虽然饿得五官难辨，但是浑身特别干净，也没有发出那种让人同情的呻吟。所以他的死是很安静，很乖顺的。

我一直会对父亲那次回家产生这样的臆想：他突然出现在祖父面前时，祖父必定是异常惊喜的吧；他应该会觉得这个大儿子是回来救命的；他在外面长达六年，手里应该会有些积蓄，可以让他以及他的女人好好吃上一顿饱饭。也就在那一刻，我的这位祖父应该是看到了一种明亮的生的希望。而这些臆想，我是不会从父亲口中得到任何证实的。他只说祖父让他走，哪里有吃的就往哪里走。

"那你真的走啦？"

"不走怎么办，不走都要饿死。"

"那你怎么不带着他们一起走？"

"怎么带？往哪带？带出去大家不还是饿死吗？我是在湖北吃不饱肚子，偷跑回来的。"

"你不是在外面学徒吗，怎么整六年都没一点儿积蓄？"

"你以为那时学徒像现在啊，那时学徒有吃无工，哪来钱呢。师父比老子还厉害，只管三顿饭，吃饭时要等师父先吃完，徒弟才能动筷子。"

……

"你现在回想起来内疚吗？"

"你扯这些干吗，谁愿意饿死……我临走时给他们弄了些米。"

这样的对话总是无趣而又残忍的。我希望从这样的交谈中来肯定自己的猜测。而父亲在极力还原一段惨痛的现实，同时企图在他这个最小的儿子盘问时，尽量从言语中获得内心的宽慰，以求安稳。让那深度的痛心的自责感稍微淡一些。他需要这样做，只有这样，他才可能光明正大地与我聊起这些事情。而在这位祖父那块已经风化脱落的残碑上，立碑人下也只有父亲与哥哥的名字，没有我。这是让父亲一直感到深度不安的事情。他于前些年反复闹着要他章氏的亲属为祖先重立新碑，以表孝思和庇佑家族的兴旺。他为此吵了许多年，也斡旋了许多年。在被他逐一说服的亲人里面，只有我才懂得他要为祖先重新立碑的真正意图。他只是想在众多的立碑人中间，添上一个让他感到无愧于心的名字，并且对这个人的姓氏进行篡改——嫡孙：章锋。这个人便是我。

四

我一生之中有三个祖父。他们一个在二十岁时离奇死亡，后来他被证实是在一件充满疑惑的不光彩的事件里让人活活打死。一个在经历诸多波折后，晚年在长期的恨意与思念的纠缠中郁郁而终。而我的另一个祖父，这个在生物学上名正言顺的祖父，他在一场莫名其妙的灾害里，活活饿死。这三个男人不同的命运，都拥有相同阴暗的生活底色。而我作为这三个男人共同的孙子，对他们全都没有丝毫印象。我记不住他们的样子，也不可能记住他们的样子。这段隔代亲情，本该温暖如春，但随着他们过早的死亡，也一并死了。它随着时间这条古老的河流，慢慢溢到我身上时显得那样冷漠与冰凉，那样的陌生。

我无法看到他们活着时的形象，那么记住他们的死或者死因也不会具备任何现实的意义。但是我需要把这些事情都记录下来。这对于我的孩子，乃至我将来的后人，或许是一件可以谈论的事情。这是我们共同的家族史上，永远不可篡改的一段记忆。我们虽没有亲历与见证，却不可以当作它们从未发生。相反，它会因为遥远而长满历史的痕迹。尽管这样的历史会显得杂乱和荒唐，但是真实却是那么的可贵。我们无法回避这段疼痛的历史，而去谈华丽的未来。

2013 年　上海

在颜色深处张望

当村里的接生婆端荣奶奶将我从母体中剥离出来的时候,我不知道自己是不是被赋予了一种颜色。可以肯定的是,我当时见到的是一片黑暗,混沌不堪。我立刻惊恐得扯破了嗓子,哭泣、号啕伴着抽搐。我的母亲,那时还是一个体态丰盈的少妇,用极尽虚脱的身子托起我然后揽入她的怀里,动作沉重并且饱满。我想我肯定是感知到了——苍白的表情,一双布满老茧而蜡黄的手,稳稳地托起一个新的生命以及这个生命所有的重量。这个也属于她的生命,湿漉、血腥、黏稠、丑陋,蜷缩成一团,然后像一朵花儿一样慢慢舒展。我甚至听见了母亲用噙着泪水的眼睛传递出来的声音:我的心呐,你来了,你终于来到这个世上了。别哭,别哭,这世上万物,天上地下五路神灵都在听着呢。

我声嘶力竭，偎在那个少妇饱满的怀里，像是一片被重新安放到树上的落叶，还带着短暂鲜艳和青绿的样子。见到它的人也总忍不住要摸一把，或者说上几句夸赞和吉利的话。即便那些话会有些不着边际，可对这个村妇——我的母亲来说是一种弥足珍贵的礼物，会让她感到得意与满足。我的哭声逐渐弱小，最后变得安静。周围只剩下人来人往的问候和赞美的声音。然而，没有人知道这种安静只是为了积蓄一种更强大、猛烈的力量，用于挣脱那个破落的村子和那个几乎被我榨干的女人。

这种力量充满了我的整个生命。

在我的眼睛可以模糊地辨认出事物的时候，我开始学着认识颜色。血液、筋脉、头发、皮肤、衣物……这些我能肉眼所见，能触摸到的已经太熟悉，我无一不可以用颜色来一一描述。我以为这些种种颜色掺杂在一起，那就是我。我曾经一直以为自己精于绘画，也能勾勒出自己的样子。可事实证明我错了，我对绘画一窍不通。我能辨认出各种颜色，包括母亲生气时印在她脸上的颜色。可是我无法用它们来画出自己。我将这些颜色全部涂在身上时自己就消失了，也分辨不出那些混乱的色彩。于是，我想象一种单一而独立的颜色，我在这种颜色里长时间地浸泡、行走，慢慢地我就变成了那种颜色，就像是许多年前的一个梦。

我做过的千千万万的梦里面，唯独那一个梦依稀可辨。就像一枚夹在书页里的书签，我随手一翻就能够抽取到。我穿一条已经褪色的大裤衩，佝偻着身子在晒谷场收稻，手中木锨子和我的皮肤一样呈褐黄色。我的母亲，将我装得满蛇皮袋子的稻谷，一一扛回堂屋里的墙壁下。一颗颗金色的谷子都很饱满，装入蛇皮袋，袋子也就跟着饱满。它们和我一样，饥饿地把那个体态丰盈的女人吸食得干瘪、枯槁。母亲吃力地扛起一袋，放下，又扛起一袋，放下，如此反复。汗水顺着她的额头滴落，沁入土里，碎花布衫下罩着的是她木材般的躯体，空透透的，让人担忧一袋谷子就能够将她的身体压成对折。她干瘦的身体怎么能够承受这样的重量？显然，我并不在乎这些，我不情愿地继续着手中的活计，也不敢埋怨，我知道那些埋怨会在母亲的呵斥声中瞬即瓦解，然后腐烂。

　　我在母亲往堂屋里送稻子的空隙爬上门前的那棵柳树。骑在弯曲的枝干上，风在空旷处变得肆无忌惮，我的身体跟着树叶一起摇晃。我试图寻找一个更好的支点，向更高的地方爬上去。蛇皮袋、稻谷、母亲、大地统统被抛在脚下。我看见远处有一座城，和在学校里电影上看到的城不一样，我看见的是一座紫色的城。阳光是紫色的，楼房是紫色的，树木是紫色的，还有我的小伙伴大欢、林子以及我们家那条跛了腿的黑狗。它趴在地上忠诚地望着我，拖出长长的舌头，急促地喘息。所有的一切都是紫色的。大欢和林子穿着我从未见过的衣服，白色的袜子，白色的球鞋，工整干净得和城里人一样。就连那条跛了腿的黑狗也变得和城里的狗一样，乖巧、顺从、文明。小汽车从他们身边开过，他们平静得如同见到村里的手推车，卖风筝的从他们身边走过，担货郎在他们身边吆喝……他们不围观，不理睬。我瞬即开始怀疑，怀疑大欢、林子、那条跛了腿的黑狗以及自己。我大声地朝着他们吆喝，一次次提醒他们这一切，他们只是使劲朝我挥手，向我展示许多新奇古怪但又让我喜爱的东西。我什么也听不见，我只是看见他们脸上满足和得意的表情以及嘴巴咧开时不完整的牙齿。我用手指着远处朝母亲大喊：妈，你看，那里有一座城，大欢、林子，连我们家的黑狗都在那里了，还有楼房、汽车和可以飞上天的风筝……母亲看了一眼告诉我那里是永太大伯家没收割的稻子，黄印印的。你永太大伯是要等稻子发芽哩，年年一样。

　　母亲说完继续扛起一袋送往堂屋里，然后用扫帚将洒落的部分扫成一团，我和母亲都相信各自的眼睛，我说服不了她，她也改变不了我。我对着那座城市的方向，大声地朝大欢和林子喊话。这样的声音是微弱的，它们经我少了两颗门牙的嘴巴喊出后瞬即就碎在四周黑色的屋脊上。任我声嘶力竭，它们终究飞不出村里那片黑压压、低矮的瓦檐。我附在弯曲的枝干上，身体和它一样扭曲。我不断地让自己迁就它，又不停地将那些刺痛和阻挡我的枝叶一一摘下。就像许多年后我奔波在城里，那些坚硬和可能伤害我的，被我丢弃。我选择一些柔软鲜艳的束在身上，丰富自己，我慢慢变得厚实、精明和谨慎。

这种机械式的动作，使得我筋疲力尽。我不时就会停下来，做短时间的调整和歇息。大欢和林子却在我的视线里变得更加遥远。他们的身影逐渐模糊，直到最后在我的视线里消失。我开始变得焦虑和惶恐，不得不又重新、继续地向上攀爬，为了能够追赶上他们，为了能够挣脱一个只有巴掌大又毫无生机的村子，我爬得更加努力和卖命，用尽浑身的力量，不敢歇息。每爬上一步，我就会变得异常亢奋。村子远了，母亲远了，蛇皮袋还有那些灿黄灿黄的稻谷都远了，可离大欢和林子近了，离那座城市也近了。想到自己和大欢、林子一样站在城里，和城一样的紫色，像一个城里人一样挺起胸脯骄傲地走着就觉得踏实，并且美满。埋怨和疲惫从我身上以一种卑贱的姿势褪去。我欣喜得忘乎所以，母亲第一次对我不管不问，任由我离开她放纵。她对我是放心了，在我不断向上攀爬的过程中她看到了我的坚韧和厚实，她沉默着干她的事情，干我不愿意干而丢下的事情。

终于，我爬进了一座城，一座无尽繁华的城张开他强有力的双臂让我容纳进去。我带着村里的泥土和收割时青草的味道在城里行走，没有人认识我，我只是一个孤单的个体，闯入了一个本不属于我的陌生世界。许许多多大欢和林子一样的人，成日在我身边出现——上下班的途中、商场、街道、路口乃至厕所，我一个不经意就能看见他们。我们身上呈现出不同的颜色，城里所有景物也呈现出不同的颜色，每一条街道、每一栋房子都斑驳陆离。我们不分昼夜地在里面穿行，从东边走到西边，再由南面转到北面，出来、进去，进去又出来，就这样不厌其烦地重复。一样的表情，一样的步子，一样的行头和装备，甚至或许还住在同一栋楼里。我们如此相像，如此接近，可是谁也不认识谁，谁也不和对方打招呼。

我看不见母亲和那条跛腿的黑狗。

他们依旧在乡下那个不为人知的村里。说它是宿命，不妨说它更像是一种束缚。母亲就被那个村子束缚了，她跟她所在的村子一起苍老，还有门前那棵柳树。她继续将一袋袋的稻谷扛到堂屋的墙壁下，汗水继续沁入土里。我不知道母亲到底流了多少汗水，母亲自己也不知道。只有她脚下那块土地知道，可是土地不说。她把母亲的汗水和青春统统收下，让一个丰润的女人逐渐干瘪、消瘦。然后，在一个季节里还给她另一种饱满，那种饱满是金子一般的颜色，灿黄的、明晃晃的，它们属于母亲。我总能看到母亲站在那种金黄的颜色里揩拭汗水、弯腰、起身以及急促喘息的样子。最后，露出一种久违的、满足的笑。

　　我注定和我的母亲不同，就像是在那个梦里我分别看见的不同景象和颜色。我走进了城市，把自己丢在南方一个很响亮的城里，一个艳丽得如同装满各种颜料的缸。我身体里面泥土和青草的部分，已被日渐浮华和臃肿的街道吞蚀。我把自己抖落得干干净净，像条光滑的鱼，一头扎进这座城的最深处，游弋、扑腾。然后，四处观望，不敢发出声响。

2006年　广州

食指伤

    在岛上居住的日子，一连好几天的夜里，躺在床上就会觉得四周的物体都飞升起来，在房顶下不停旋转。而一旦闭上眼睛又会感觉它们都在下沉，速度并不迅猛，所以过程会很漫长。心脏也同时跟着这些下沉的物体紧紧悬在半空，总不能落地。随后身体也开始下沉，天旋地转，脑袋里面像是塞满了许多的棉花球，膨胀式地眩晕。胃里翻腾，张开嘴却只能干呕。桌上的茶杯瞬间变得巨大，而且一直在增长，快要把房子挤破——我把这种身体的感受叫作晕岛，类似医学上美尼尔式综合征的症状。

    这种怪异的病态感觉只属于夜里，在白天会准时离开。我在白天总是忙碌于各种事情——调试大型冲压设备的精度；测试电解水的纯度；计算氢氧化钾与电解水的比例，镍粉与镍网的配比；储氢合金粉与铜网……把它们塞进不同的钢质容器，五号或者七号，就成为一支镍氢干电池，储藏电流，释放出能量。还有粉刷墙壁和制作简易工作台面。这些精细的工作让我不得不集中全部精力而忘记自己正起居于一个岛上——四面环水，中心凸起的大土块——如果我足够有力的话，一跺脚，它就有可能下沉，或者猛烈摇晃几下，带来身体的倾斜和心理上的恐慌。与我生活过的任何地方都不同。

此前，我一直生活在内陆的农村或者城市，房子都坚实地扎进陆地，有着毋庸置疑的踏实感。而在岛上这种踏实感仿佛变得恍惚不定，像丢进河里的一截干燥的圆木头，一半沉在水里，一半露出水面，被夜晚和白天分割，于我的生活之中，泡在水里的部分成为夜晚，露出水面的就是白天。

辞掉一家电池厂机械修理工的工作来到这个偏远的岛上，是在工友们羡慕的神情下完成的——我的哥哥在岛上与人合伙办了另一家电池厂。这种羡慕中还携裹着一些巴结的成分，它们掩藏得很浅，一眼就能看出来。就像哥哥与人合伙办厂已经不算是一个秘密，表面上的隐瞒只是彼此心知肚明地说着假话，让听着的人依旧觉得逼真如实。电池行业的圈子就那么大，一阵风就泄漏了秘密。辞职变得简易许多，从交辞职报告，归还厂服厂牌，结算工资，到收拾行李离开只用了不到半天时间。那个年轻的女副总坐在宽大的真皮转椅上看完我的辞职报告后只说了一句话：你字写得不错。然后就签上她的名字表示同意。那间宽阔的副总办公室和裹在她身上的黑色女士西装让我感到紧张并且拘束。我想，她一定是看出了辞职申请书上的破绽，也肯定闻到了一股谎言的气味——眼前的辞职报告上除了字是真的，其他都是假的！想到原先准备好的一堆用于搪塞她对我挽留和质疑的话语，尽管修饰得天衣无缝，但在这样的场景中显得幼稚可笑。因为她既没有挽留我，也不曾发出质疑。

　　脱掉厂服，整个身子就一下子变轻了。那件深灰色的工作服套在身上，青春的脸就变得死寂。难看又不合体的同时它还标明一个底层工人的卑微身份——少得可怜的薪水，繁重的工作，永远都加不完的班以及整月无休，还要时刻留意主管的脸色而小心行事。终日提心吊胆因为某件事情做不好而遭到主管的训斥，或者被辞退。精神的负担远胜于身体的疲惫，它就像是一个梦魇牢牢困住我。我从心里鄙视这种身份。在看到那些衣着光鲜的人拎着皮质手提包在上下班的途中经过工厂大门口时，这种鄙视就成为自卑。我把修理机器的工具箱归还到仓库，告诉仓库保管员这些工具用起来很不顺手。然后就在被磨得掉了漆的水龙头下反复清洗自己的双手，长期修理机器使它已经有股无法摆脱的柴油味。每次修理完设备，我都会将双手浸泡在盛满柴油的塑料盆里，以此除去那些黑得像风干的女性经血一样的机油。

　　清洗双手的仔细远远超过我对这份工作的热情。我从不认为自己适合机械修理的工作，如果进行一次技能评估，我深信等待我的唯一结果就是被辞退。那些精细的机械结构和复杂的电路在我看来更像是一件浑然天成的艺术品。我只是喜欢静静地看着它们，一旦伸手触碰，它们就会被弄得碎裂。我也从未单独完成对一台设备的修理工作，在很多工人眼里这被视为一种无能并引来对我身份的各种猜测——厂里为什么会聘请一个什么都不会干的人回来，这么年轻，还是技术工种，简直不可思议。很长的一段日子里，在所有工人眼中我成为一个相当有背景的人，被怀疑成与工厂某个大人物有关。

　　负责带我的师父是这家工厂唯一的机修工。他就像是一个神奇魔法师，修理任何出故障的机器在他手里就像是弹弹烟灰一样不费力气。在他修理机器时我的主要工作就是给他递工具和擦汗。类似于主刀医生进行手术时，紧贴身边的护士。其他时间就是给设备加油，添加冷却水，清理油污诸如此类的日常保养，一个不需要智商和技能就能完成的工作。闲暇时我们的聊天会滔滔不绝，各种话题都会聊得十分有味。而在修理机器的问题上，他表现出的缄默又让我觉得他是一个内向而不善言辞的中年男人。他保留了太多的东西，保留得愈多愈突出他的重要性。他在这家工厂干了两年，管理所有的大小设备，师徒是他最不需要的一种关系，它太多余了。在管理层的眼睛里，他备受重视的脸会因这种关系而逐渐模糊。我们都行走在生活逼仄的缝隙里，走着走着生存空间就显得拥挤。在这样现实的处境下，生存远远凌驾于生活之上而露出其狰狞的一面——我们都在费尽心力地牢牢抓稳自己吃饭的那只碗，并为此不惜代价。

他请假的一个下午，我动手修了一台机器。它原本只是在工作时偶尔不够精确，我认为自己完全有能力解决这一小小的麻烦，它的问题在我看来是那么简单。我充满信心地对它进行拆卸，内六角螺丝用内六角扳手，外六角螺丝用外六角扳手，常规螺丝用开口扳手，拆气泵前先将气管对折用橡皮筋牢牢捆住防止气管在气压的作用下四处飞溅，紫铜棒轻敲模具使其滑落是因为铜比钢软，敲打时不会损伤模具……这些都是他反复教授的，我统统记得。拆卸的过程优雅娴熟，所有部件摊晾在我涂满机油的黑手下依次排开，露出铁和钢的本质——坚硬、沉默。太娴熟的动作使我得意，然而我完全没有记住它们各自所属的位置，无法将它们一一装回原位。最后，这些由钢和铁构成的部件就一直躺在地上，冷冷地，充满依赖地望着我。机器彻底不能工作，整条生产流水线在停产的边缘漫不经心地徘徊。设备故障逐渐转化为人为事故时就露出狰狞的一面，意味着有人要承担后果并为此付出代价，罚款或者开除。额上的汗水一直滴落，身上也湿了，衣服黏在表皮上。我在恐慌中给师父不停地打电话，只能求助于他，请求他能够尽快回来。他始终态度温和却迟迟不归。最后那个年轻的女副总拨通他的电话，半小时后他就出现在车间，又用了半小时设备恢复正常。第二天，通往食堂的宣传栏里贴出一份通知，我因工作失误处以一百元的罚款，记过一次。他因敬业精神在请假期间仍然回厂里修理设备，为工厂挽回停产的损失而受到赞扬并给予两百元的奖励。那天晚上他请我在工厂门口的士多店喝汽水，还买了满满半斤咸水花生。在他喝了两瓶啤酒后的言辞中，我感觉到这是一件蓄谋已久的阴谋。归咎于一只笨拙的蛹正蠢蠢欲动地破壳，蜕变成蝶。

辞职是酝酿许久的一个计划，从不缺乏理由。任何人在辞掉一份工作之前都必定露出破绽，比如消极怠慢、频繁请假、散布他人的秘密或者制造谣言。精于观察的人总是会发现这些预兆。我对机械修理的工作从未倾注过热情，就像吃着一堆没有味道的食物，咀嚼只是为了不得已的饥饿。洗手时，师父拎着工具箱从面前经过去车间，老远就问我的辞工书批了没有，什么时候离开。我说已经批了，下午就走。"好好干，常联系，以后我去拜你为师。"这句玩笑话经过他笑得变形的嘴吐出来时变得更加可笑。这也是他跟我说过的最后一句话，事实上离开后我们再未联系。

怀灵站在车间门口远远望着我。她是车间生产女工，还是仓库保管员的妻子。她的丈夫是工厂老板的亲戚，所以保管财产她享有绝对的信任。这也符合大多数中国民营企业用人唯亲的管理思路。在我所工作和接触过的民营企业里面，身居要职的人多半是老板的亲戚、同学或者朋友，在不明复杂的关系下能力和素质与自己的工作职位相差甚远。这种用人理念在一定程度上其实已经阻碍了企业的发展，也违背科学管理的理念。选择一只什么颜色的猫和需要一只具备哪些本领的猫，这两者的区别在于前者满足了审美，后者决定于目的。怀灵静静望向我时，离开才渐渐有了感伤。这个唯一愿意让我帮她修理机器的女工，也是这偌大工厂里唯一一个为我送别的人。我朝她挥手，又做了一个打电话的手势示意保持联系。她依然站在原地，没有任何响应，只是远远地，静静地看着我。

我并不能确切地记得与她的第一次交谈，在某一个夜班，所有设备都处于正常运转状态，我便无所事事，四处走动。经过她的工位时，她说肚子饿得没有力气，请求我去帮她买份宵夜。拿着她给的五块钱，我在工厂对面的小饭店为她买了一份鸡蛋炒米粉，又将那五块钱压在饭盒下面。就这么轻易地和我建立起了信任，她主动并大胆地找我修理机器。毫不在乎我在修理机子时有多么生疏和多么稚嫩。这种信任多么简单啊，在我往后的经历中它变得复杂而具有哲学意味。

在我师父眼里，她是一个刁钻泼辣难伺候的女人。她的丈夫是仓库保管员，老板的亲戚，多么响亮的关系，在车间里她完全有霸道的底气。在很长的一段日子里，她使用的机器突然有各种莫名其妙的故障，让我那个老辣的师父也束手无策，不知如何应对。她向主管决然表示不换岗位，主管就只能频繁为她更换机器，这也是车间里唯有她才能享受到的照顾。所有在别人手里工作完好的机器在她使用时总是不尽如人意。她会当众对我的师父进行指责，表示自己极度不满：你到底会不会修，修不好就别逞能，让别人来修。师父是个老练的男人，有着中年男人的沉稳以及某种老奸巨猾的手段，即便脸上的表情变得僵硬和扭曲也从不与怀灵发生正面冲突。他第一次把我推向前面，自己躲在身后。让我去解决那些零零碎碎的让人无法查明的故障。不可推卸，即便我洞察到师父的别有用心，即便深知这样的任务会让我陷入自身难保的境地。出奇的是怀灵对我维修的结果表现出云开日照的满意。这让我的师父和那个车间主管惊讶至极。他们终于摆脱了这个长久困扰而又不能泄愤的麻烦。此后，我便成为怀灵的专职机修工，偶尔在上夜班时出去帮她买宵夜。

　　接手之后，她的机器依然会有各种层出不穷的小问题，而我都能够完美快速地解决。其实，我并不知道问题的根源，甚至不知道她的机器是否真有如她所说的故障。我的维修只是把她描述有问题的地方拆下来再装上去，如此而已。什么都没做就能收到她慷慨的赞美。这种维修并不足以证明我的技能，更不能获得解决麻烦后的成就感。它更像是一个游戏。怀灵是游戏的发起者，而我是配合者，有不可告人的成分。每天上班她会偷偷塞给我一个洗净的苹果、橘子或者牛奶糖以感谢我的不厌其烦。其实我并不觉得厌烦，对于一个整日无所事事的人来说，忙碌就是一种渴求。她在偷偷给我这些东西的同时让我觉得像是在做着一件见不得光的事情。仓库保管员的妻子向我献上这些温婉的殷勤，让我隐约触到某种黑暗，又忍不住贪婪地往黑暗里钻。很多时候，我完全忘记她的丈夫与我相隔不到两百米。

　　修机子越来越像是一个借口，我们更多的是在低声说话。她会准确又及时地递给我扳手、钳子。递这些东西时她会抓住我要拿的那部分伸过来，手就碰到一起。有的时候扳手明明已经伸向我，我正欲抓取，她的手猛烈缩回，反复几次她脸上就会露出一种鬼魅的笑，像个调皮的孩子，让我忘记她是已婚的女人。她说我的手指修长像女人的手,在她老家普遍认为这样的男人有出息。"你以后肯定会很了不起",她说这句话时窗外阳光猛烈,语气中含有叹号的笃定。实际上我只是一个机修工。你为什么不学弹钢琴呢,那样你可能会成为一个很有名的音乐家。她的问题和她机器的小故障一样经常让人摸不着头脑。她蹲下来我就闻到残留在她长长头发上暧昧的洗发水的香味。细长白皙的脖子,性感的锁骨以及紧身内衣的领口上露出的那些迷人的部位。因为蹲在地上,她胸口的位置就显得很慷慨。我越来越不敢看她,那是一副已经熟透了的女人的身体。不敢与她的眼睛对视,她圆圆的水晶球一样亮泽的眼睛会让我的脸上和身体都感到灼热。这种灼热里面深藏一个男人不可告人的秘密。

  所有设备都正常运转的时候,车间就像是一个舞台。每一台设备都是精雕的乐器,每一个工人都是演奏家。他们同时出场,贝多芬的C小调就会腾空响起。意味命运敲门的声音落在每个人脸上都会产生不同的表情。在这样明亮的声场里我仿佛看见自己哀怨的神情和一览无余的命运。我告诉怀灵我讨厌底层的机修工作,它让我的身份变得和那些油脂一样暗淡,长期携带一股难闻的油味。于一个天生对挥发性异味有着灵敏嗅觉和抗拒的人来说,这无异于一种伤害。致命的是我无法安静地阅读,摊开书手上的油味就飘进鼻腔，那些文字会越来越远，在眼睛里晃动。吃饭的过程更是缓慢而痛苦的，咽下一口就梗在喉咙里，想要回流出来，像吃到老鼠屎一样让人作呕。喝水的玻璃杯放在车间，某一天突然莫名其妙地消失了，我想它一定是受够了我手里浓烈的油味。机油、柴油、润滑油混在一起的复杂味道。

一个毫无建树的人只有与欣赏自己的人聊天，才能满足那份可怜的虚荣心。交谈会是一个让自己逐渐膨胀的过程。倾泻式的语言带着情绪灌进对方耳朵，根本无须酝酿和斟酌。这比写作简单多了，写作的过程像是对着镜子和自己说话，孤独而又荒凉。在那段日子，我认为怀灵就是欣赏我的人。她的肯定和赞美让我整个夏天都在收割得意的满足。她还是一个女人，一个长得不算漂亮但是又可以让一个男人无法抗拒她气息的女人。她身上应该是具备某种特质的，而这种特质我说不清，它能够瞬间深入到一个男人的骨头里，瓦解一个男人的防御意识。修机子时她递工具的动作让我感到不耐烦时，她就用眼睛那么悠悠地看着我。表情像一个无辜的孩子，让我很快就后悔自己的态度过于粗鲁。跟她聊起童年时在乡下的贫困生活，她的眼睛里就闪现一些清亮晶莹的水花，神色充满忧伤，感觉是她在独自回忆一段痛苦的往事。谈话中我显得无比得意时她会掐一下我的大腿或者手臂，亲昵的动作像是在调情那般让人心动。

在她的帮助下我住进了工厂的单人宿舍。这本不该是我享受的待遇，在她的斡旋下是那么顺理成章。理由是这间宿舍原本属于我的师父，他因在工厂附近租了一个套间，这间宿舍就一直闲置着。跟集体宿舍相比住在单人宿舍里的感觉就像是度假。太多人在觊觎这间空着不到十平米的房子，太多人想要住进去了，分给谁都不妥当。而我是师父唯一的徒弟，住进去理所当然。去仓库领钥匙，她的丈夫说我占了个巨大的便宜。

无法阅读的夜里，我会写诗。极少像大多数工人一样去逛夜市，更不会和他们一起到路边的烧烤摊吃那些烤得发黑又冒油的食物。我们各自有消磨长夜的方法，尽管那些夜晚显得廉价。我把一段话分割成许多单行，写在日记本上，它就成了我的诗。怀灵问我夜晚如何度过时，我大胆地说写诗，毫不遮掩。她用不哭不笑也不惊的表情看着我：那你的诗里会不会提到我？她问这句话时，我认为她不懂诗。我告诉她拜伦为女人写诗，普希金也为女人写诗，他们的诗里充满爱和自由，像上帝的恩赐。我喜欢他们诗里的每一个字，甚至爱上他们诗里的女人。那些猛烈撞击人心的句子，必然赋予诗里的那些女人以生命。他们是在用灵魂写诗，而我……是在消磨黑夜。

一直以来我都认为自己更适合修理文字而不是修理机子。不断跟她聊到拜伦、普希金还有雪莱。就算她真的不懂,我也愿意聊及这些。因为她从不打断,就那么漫不经心地听着。"要是能写出像拜伦、普希金一样的诗就好了,不会是现在这个样子。他们在我这个年龄已经写得相当有名气,而我呢?每天在这里面对一堆的破机子。"说完这句话她停下来看了我一眼,这是我第一次从别人眼里读出一个词——可怜!就在那天傍晚,她从我宿舍里借走了拜伦的《唐璜》、普希金的《叶甫盖尼·奥涅金》以及我写诗的日记本。我乐于给她,因为我想她认识这两个怀着至高爱情的男人,他们爱得那么唯美而痛苦。我希望她会和我喜欢这两个男人一样地喜欢他们,更希望听到她对我写的那些不成诗的句子送出满满的赞美。几日过后她将这些全部归还。在我日记本第一页的空白处写着这样一段话:

拜伦只有一个

他已经死了

普希金只有一个

他同样死了

你和他们一样

也只有一个

你还活着

我反复读着这段话,日记本上其他的文字瞬间就矮了下去,暗了下去。一个被我认为不懂诗的车间女工,随意几句话就带给我所有关于诗的味道。而在最后一页她只潦草写了一句:你的诗里没有我,只有你自己!我猜想这是她看完日记本里的每一句话后写下的。看得很认真,几乎是一字一字反复地看。她一定是期待着出现在我的诗里,找到她的名字哪怕是其中一个字。这样会透漏出一个信息——她在我心里的位置以及重要程度。在翻看完最后一页她肯定是失望的,殷切期盼的春天碎裂了。这种期盼碎裂时应该会划出伤口,让人凋落又疼痛。

她写出那句话时就收藏了一个女人的热情。她的躲闪显得情绪有些低落,我从里面闻到一股冷漠的味道。她错误地估计了自己在一个年轻男人心里的分量。也一定是看透我了,一个自大的、无知的、以为自己会写诗并懂得爱情的男人。而看透一个人,是那样哀伤。已经无所谓了,我要离开。迫切地告诉她这个消息是在写完辞工书的上午,我在车间里俯身于她耳边轻声说出这一决定真的不算是一个好的时机。她猛然将身子侧向我,慌乱中来不及停止的机器了,怀灵拎着一袋苹果,红得透亮的苹果和一个精美的玻璃杯静悄悄地出现在我的宿舍。穿着蕾丝花边的浅紫色吊带长裙以及秀气的高跟鞋,刚洗过的头发披在肩上。我从未见过她这样迷人而优雅的装扮。像是赶赴一场让人心动的约会。与之前粗糙的工作服相比,裹在浅色长裙之下那具熟透的身体妩媚得淋漓尽致。一定是精心挑选过的,显得对告别的尊重,也可以让日后的记忆更美好一些。她让我以后用这个杯子喝水,问我行李是否都收拾好了,她可以帮忙。我们说着一些不咸不淡的事情,到最后无话可说。她从身后牢牢贴住我,双手紧紧缠在我的腰间。我听到她轻声抽泣的声音问我以后会不会忘记她。然后就陷入长久的沉默,这种沉默类似不可见底的深渊,让两个离别的人在里面坠落。他的双手越搂越紧,身体像是麦浪一样起伏不止,伴随轻微的、凶狠的喘息。她的手指还在渗着血,即使在黑暗中我也能看见包扎的白纱布上泛着红晕。她的身体太柔软了,软得我无力挣脱,被她深拥着就像是浸在温润的水中一样让人迷恋。她的声音是那么煽情和黏人,带有挑逗性的同时滋润一个男人关于爱的美好体验。

一个已婚女人走进一个单身男人十平方米的夜里,凌乱的房间、滚烫的身体、缠绵的耳语、短促而又轻微的喘息以及暧昧的光线。这样致密的场景让一个男人的道德、品质、底线和原则通通碎裂一地，暴露出饥饿的不顾一切的兽性。长期以来我深藏在身体里面最为坚硬的部分正策马欢腾，欲划破两个人的身体，让这个闷热的夏天夜晚变得更加火辣。我松开她缠在腰上的双手，转身拥向她，她瞬间像只小松鼠一样从我怀里挣脱了，一言不发地跑向那间仓库。黑暗的身影歪歪扭扭，愈来愈远，直到消失。而就在那一夜，我通宵未眠。这种失眠只属于男人，它里面有冲动、刺激、惊险以及长期禁锢的难以启齿的欲念。

　　晚上的厂区露出两个面孔，一边是宁静黑暗的宿舍，一边是嘈杂明亮的车间。它们被中间一个变形的篮球场分割。我脱光上衣，在从车间传来的光亮里收拾行李，真的没有什么可以收拾，它太寒酸、太简单了。我不过是在完成一件离开时应该且必须要做的事情，这样才使离开更显真实，这样才让生存透出一些生活的味道。

2008 年　广州

一条鱼，在夜里死去

1

又一条鱼在夜里死了。

这种事情发生过不止一次。我从外面出差回来，穿过小区的大门、绿化带和儿童游乐场爬上六楼时，一条鱼就死了。它直挺挺地浮在鱼缸的水面上，连那扇宽大的尾巴都是铁硬的。原本它应该柔美而摆动，像健身房教拉丁舞的那个女教练妩媚的腰肢一样。现在却泡在水里，如同一截折断后的宽锯片。它的两只眼睛也已完全凸了出来，眼珠子上面裹着一层混浊的晶状物并且开始泛白。我曾经在人的眼睛里看到过这种东西。前些年，朋友的母亲患了白内障，我去医院探视时见到的就是这样的眼珠，当时我跟另外一位同去探视的朋友说：他妈妈的眼睛真像一条死鱼的眼睛，太可怕了。朋友说你也太可怕了，把一个活生生的人说成一条死鱼，还是你朋友的母亲。他这样说带有两重含义：人和鱼是两个世界里截然不同的两种动物；不能把活着的比喻成已经死去的。无论是从自然进化规律还是出于人性的道德范畴，这样的形容都不应该，它类似于诅咒。而我则不以为然，我的本意只是将两种相似的东西联系在一起，就像白色的云朵和大团的棉花，浩渺的海水与湛蓝的天空。没有什么不妥的地方，更与道德毫不沾边。

这次事件的结果是——朋友的母亲没过多久便在一个深夜去世。去世的原因虽与白内障无关，但她那双被我形容过的眼睛在她咽气后始终没有合上，狠狠地瞪着。我的那位朋友在吊唁时，庆幸自己在白内障手术期间去医院探望过她，并从中得到内心的慰藉。"幸好我去医院看望过，不然该多遗憾。"这是他的原话。至于我，除了在朋友面前表示惋惜，更多的是在为当时随口吐出的那句话而感到深深的自责。像是曾经对他母亲有过诅咒，总觉得他母亲的去世与我有着某种牵连。那句随口而出的话所导致的愧疚，很长一段时间内都无法散去，无处安放，也无人予以宽恕。

我放下行李箱和背包，站在那个透明的玻璃鱼缸前。

一个活生生的人在深夜认真观看一条死鱼。这种感觉并不是太好。我试图酝酿一下情绪，让自己变得伤感或者悲悯。然而，很快便发现这样的尝试是徒劳的。我的另一种想法就在此刻毫无征兆地跳了出来，并且扰乱了我试图制造悲伤情绪的意念。鱼是怎么死的——突然暴毙？在安详中死去？还是在死亡的过程中有过一段痛苦的挣扎？它在临死前是狠命拍打着水面，还是像人类一样发出孱弱的呻吟呢？抑或是怀着不舍的眼神可怜兮兮地沉向水底？眼睛里应该是噙满泪水的。不，它的眼睛里是不会有泪水的。它长年生活在水里，连眼珠子都被水紧紧地包裹着，即便有泪水也无法流落。我变得莫名地躁动起来，陷入对一条鱼死亡的质疑里面，迫切想要了解一条鱼死亡的全部过程。包括它死前的动作、姿势、嘴巴和眼睛的形状，游弋的速度与深度都成为我未知却极乐意弄明白的秘密——我把它当作一件相当有意义的神秘事件。我的抱怨像一辆从遥远处轰鸣而来的火车，不断逼近也越来越刺耳。

这种抱怨不是我间接或者直接造成了一个生命的死亡。一条鱼的死亡在我的生活里根本掀不起波澜。我甚至认为，一个被圈养起来的生命其存在的价值和目的就是为了等死，死对它来说是解脱或者超脱——相比一个被永久禁锢的生命，死亡便是一种自由。我所抱怨的是没能目睹一条鱼死亡的全过程，并因此感到遗憾。我应该早点回来，或者说它应该晚一天死，这样我们的时间和空间就能衔接在一起,就能见证它死亡前的所有细节。呈现在我面前的就不是一具僵硬的尸体、凸起的眼睛和紧闭的嘴,而是一个奄奄一息即将成为尸体的弱小生命。这两者有着本质的区别,无论是就生命本身而言,还是对于一个围观的猎奇者。我甚至可以泡一杯茶,搬个舒适的凳子坐在它面前静静地观察,像个发现者一样记录下一条鱼死亡时的所有细节,并对这死亡的全部细节加以形容和揣测。或者用摄像机将它录下来,然后,得意地去告诉别人我清楚地看到并且记录了一条鱼死亡的全部过程。这是一件多么有意义的事啊!带着自鸣得意和科普的成分告诉所有人鱼是怎么死的。我还可以故作严肃地告诉我的朋友们,我最近在研究鱼的死亡。是的,研究,一定要突出研究这个词。这样他们会认为我是一个很深奥且有着满腹学识的人。

任何平庸或者再为普通的事情,一旦冠以研究的帽子就会顿时高大并且具有高深的意义。研究一个动物的死亡自然会折射出一个词——科学。这是一个极具力量的大词,一般的人绝不会去惊动它。我甚至产生一种想要亲手弄死一条鱼的意图。以此来获得并达到——太复杂了,我无法形容。

2

就在我正犹豫是否要弄死一条鱼,并努力为自己寻找一个合理借口的同时,我想起两个人。

菜市场最里端那个卖鱼的贩子。他长年系着皮质围裙,穿一双高筒水靴,对每一个在他摊位前逗留的客人都会献上满脸殷勤的微笑。他的周围落满鱼鳞和鱼肠,身上也粘着,他无疑是鱼的终结者,还是一个经验老到的杀鱼高手。他伸手从池子里抓起一条鱼,就像是从沟里捡起一块鹅卵石那么轻松。他的手上长满了钩子。把鱼按在木板上,用那把白晃晃又冰冷的刀子划开鱼肚子的那一刻,生活就变得明亮。他每天经历这样无数的生死,然后从死亡中积攒财富,把女人和孩子养得娇嫩、健壮,生活无忧。他显然不知道自己杀了多少条鱼,还要再杀多少,也一定没有发现这些鱼的死亡除了可以丰赡生活,还具备深度的研究价值和崇高的意义。否则他不会在菜市场里卖了长达数年的鱼而无动于衷。他精于虐杀,却不善于思考,注定这一生都只是个卖鱼的,浑身散发出难闻的腥味,像是一种报应。

另外一位是那个叫桑德尔的美国家伙。他与这个卖鱼的相比,显然是睿智的,他长年与鱼接触,发黄的眼珠子里积满了亮晶晶的学问。他观察无数条鱼,再杀死无数条鱼就破解了鱼不怕冷的秘密。多么神奇而又善于发现的一个人,他从鱼的死亡中获取了不一样的非凡意义。他明明也是一个凶手,和菜市场那个卖鱼的小贩一样。但是他可以让自己的杀戮变得正义凛然,让人夸赞和敬仰。

这样毫不相干的两个人,他们在习以为常的杀戮中各取所需,从不被质疑和盘问。不知是因为这些生命太过卑贱,还是因为我们无法理解属于它们的情感和语言才从不去追究。

一直以来我都被这样的问题困扰——如果研究要以死亡作为代价,那么科学就摆脱不了罪恶的嫌疑。我想要弄死一条鱼,只是因为另一条鱼死在一个不恰当的时间。我想看看它是如何走向死亡的,就用研究的动机来坚定杀死一条鱼的意图,有可能是残暴的,更可能是罪恶的,但无关紧要。就像那个卖鱼的商贩和桑德尔,他们都把日子过得活色生香,可曾想过罪恶呢?只要我愿意,随时都可以将一条鱼杀死,并为此心安理得。从它们被丢进这个玻璃缸的那一刻起,我就拥有这种至高无上的权力——决定它们生死的权力。可是我不知道自己为什么会在房子里摆一尊佛像。他就在鱼缸旁边,通体金黄,盘坐于木刻的莲花座上,笃定并且安详。

3

　　给远在北京的老赵打电话,告诉他死了一条鱼。每一条鱼的死亡我都会在第一时间通知他。在我心里,他仿佛就是这些鱼的亲人,我有必要让他知道它们的生死。更或者说我是想把这种死亡的气息,透过电波传达给一个千里之外与死亡毫无关系的人,当作某个大事件来分享。老赵的情绪明显要比我激动,他在电话里用沉沉的声音说:啊!又死了一条,你怎么搞的?那些鱼迟早要死光。这不是一种诅咒,而是他的眼光比我长远,提前窥探到更久的将来并对那些鱼的命运抱以担忧。他一口气说完那句话,暗藏的惊讶、惋惜、责怪和那份无力的担忧就悉数泄露出来。我能感受到他心里当时微微抖动了一下。他的声音也明显抖了一下,只是通过电波传递到我这端时已经很微弱了。

　　如果说我当时因为没有看到一条鱼的死亡过程而感到遗憾,老赵表现出来的却是一种很复杂的情绪,还稍微夹杂一些责怪。这个五十刚过的男人对生命和死亡的认识比我深刻。生命是厚重的,而死亡是沉重的。这两者不会因为生命本质的不同而发生改变。老赵肯定是读出了这两者的意义。在他的惊讶之后,随之而来的便是与鱼死亡有关的质问：多久换一次水？喂的什么食物？多久喂一次？氧气泵是否正常工作？换水之前有没有让水在阳光下暴晒一天以去除残留在水里的氯合物？盘问过后再次嘱咐我：等这些鱼全都死光，你就不要再养了！你真不是养鱼的人！隐藏在这句话背后另一层浅浅的意思是我在残害和虐杀生命。最后当我们谈论到怎么处理这条死鱼的时候，电话就没有缘故地断了。

对于一个饲养动物的人来说，他的身份是可疑的，他总会在饲养者和刽子手这两种身份之间来回摇摆。决定这两种身份的就是活着与死亡。我不是一个勤快的人，一直以来在我居住的房子里面，除了人再没有别的动物。养某种动物于我来说是一件极为复杂和困难的事情。为此，需要耗费许多的时间、许多的精力。而最终它们的命运都会葬送在我手里。死亡的现实会让我沦落成一名刽子手，至少摆脱不了刽子手的嫌疑。这不是动物想要的结果，更不是我想要的。老赵和我在同一家单位。因为工作需要，我从广州迁到上海，他也只身从北京调往上海。我们分别从南方和北方住进同一个城市的同一个小区里面。这个五十刚过的男人，在突然脱离家庭的生活后显得郁郁寡欢。他一个人踏进偌大的上海就像是一条离队的沙丁鱼沉在海里。他说这个城市不接地气，生活在这里总感觉是被人强行挂在半空——充满所有不可确定的因素。飘忽的、动荡的、陌生的气息像一张致密的网将他牢牢困住。所有的挣扎和反抗最后都变成是自己一个人的舞蹈。

他不属于这里,即便生活再长久也不属于这里。他所有的一切都留在北京,包括面粉和馒头。不用工作的时候,孤独就像漫溢的潮水一样将他淹没。只要有时间他便不断地去参加各种展会,车展、画展、书法展、摄影展、数码展、乐器展、茶叶展、咖啡展、美食展、义乌小商品博览会、冬季羊毛衫展销会、东北土特产展销会。只要在他不上班的时间有展会,无论多远都必定前往并且情绪饱满。他乐此不疲地搜寻和掌握这些展会的时间及地点,然后准时就去了。我曾一度怀疑他对这些展会的热情远要高于对工作的热情。他去商场里面闲逛,然后什么也不买,空手而归。去图书馆和博物馆,他甚至去参加性博览会。想尽办法把那份无所适从的孤独深深地埋进滚滚的人流之中。没完没了地加班,把本该属于他个人休息的时间都强加给工作。是的,他不需要太多的空闲时间,否则那无从逃离的孤独感会更加贴近于他,更加紧密。

某一天,他说一个人的生活太沉闷,准备养个什么动物。猫太黏人会让他觉得很烦,狗的感情过于浓烈,他又担心无法割舍。我相信,对于一个年过五十的人来说,让他承受来自情感上的忧伤太残忍。我提议养两只龟,他说那样会让他觉得更加沉闷。最后他决定养鱼,既不黏人,也无感情,还可以解闷。跟别人说起来也显得高雅,带有文化和情趣的双重意义。尤为重要的是更符合他作为一个地道北京人的身份。

在很长的一段日子里,他不断跟我分享养鱼的乐趣和那些鱼的变化,就像我在后来不断告诉他鱼的死亡。一年的时间他把那缸鱼养得健康而肥大,鱼在水里游动时不时还会发出激烈的水流声。而他自己却逐渐消瘦,情绪低落,表情暗淡。两年后他回北京,丢下满城的孤独。他把所有东西都打包寄走了,而这缸鱼就像是一座无法撬动的大山阻挡他归乡的去路。他因不知道如何处理它们而一直备受困扰。老赵希望把它们托付给一位熟人,可靠而又贴心。养了一年,这样心里会觉得踏实和安稳,也算是对这些与他朝夕相处的生命有所交代。那种认真且谨慎的态度,让我觉得他更像是在给自己的孩子找一个好的归宿。最初,我假装看不出他刻意流露出的本意,总是岔开话题或者强调我需要不断出差外地。我没有养鱼的计划,从来没有,我照顾不好它们,更没有闲情把精力和时间放在这些长年生活在水下的冷血动物身上,太不值了。

而最终我之所以不得不接受这缸鱼,是老赵刻意附送了一个自动喂鱼器,五节电池及三罐鱼食。我假装看不出他的想法,而这个五十多岁的男人却准确地捕捉到我心里的顾虑。这样我就不需要花费太多的时间和精力,可以不用理会它们,至少可以在很长的一段时间里不用去理会它们,任随它们自由生长,更没有借口用来拒绝他的委托。清楚地记得,在鱼缸搬回来的那个夜里,老赵脸上有着安心的微笑及不愿不舍的复杂表情。从他的脸上和言辞中,我能感应到老赵对这些鱼产生了感情。这完全违背了他当初选择养鱼的决定,他错误地高估了自己控制情感的能力。他一路将我送至楼道口,又反复交代了一些喂养的细节。最后,朝那个玻璃鱼缸深深地望了一眼才转身离去。那个透明的玻璃缸里铺了一层白色的小石子,假山被石子围着,一块不规则的黄色风景石,小亭子在石头上面。葱绿的水草像是没睡醒,慵懒地沉在水底。整个一园林式的结构和风格。看着那些不同颜色的小鱼在假山周围,在水草丛中,在水里轻轻摆动长长的尾巴和身子的样子;从抽氧泵的管子里不停往上吐出的那些碎小的气泡;水面缓缓漾起的波纹,水草轻柔地摆动。我竟然萌生出一种惊喜。这种迅猛的、突如其来的喜悦一下子就攫住了我。它们太美了!像幅流动的立体画般出现在我没有生机的房子里。满屋的其他物品顿时就暗淡了下去——它们是那么的死板和阴暗。

这完全是在我意料之外的事情,它不可能发生。我突然变得慌乱起来,认为该为它们做些事情。然后开始喂食,清洗鱼缸、假山和石头，换水，换完水后再继续喂食。我把它们清理得赏心悦目，干干净净。开始的那段时间，我每天都会清理它们的排泄物，每周换一次新鲜的水，坚持每天亲自喂食。我陶醉于那种喂食的过程。把鱼食洒在水面，那些鱼先是急速地向下躲闪，然后纷纷上游。将锥形的嘴巴探出水面，碰一下鱼食就沉下去，再碰一下再沉下去。反复几次后便一口咬住，狠命摆动一下尾巴，迅速游走，可爱、紧张、胆怯、灵活。我会每天仔细观察它们的变化，在透明的玻璃缸前盯着它们看很久。敲敲鱼缸或者用手指在水面搅动几下，制造出混乱的场景看它们慌乱的样子。包括夜里起来去洗手间，清晨刷牙的时候，都会用手轻拍几下。我为此感到满足并不厌其烦。

4

已经是第九条鱼的死亡，或者说我害了九条生命。

第一条鱼死在我搬回鱼缸的第二天。早晨起床它就浮在水面上，有气无力地张合着那惯有的锥形的嘴，宽大分叉的尾巴垂在水里一动不动。鱼的死亡以水为界，浮在水面就是躺在冰冷的停尸床上。它已经很孱弱了，用尽所有的力量才能缓慢张开那张薄得像苹果皮一样的鱼唇。在看见那一幕时，惊讶和紧张瞬间就让我从惺松的状态中变得无比清醒。然后就是不知所措。我将它捧在手里，对着它的嘴巴吹气，就这样给一条鱼做人工呼吸。可是它的嘴巴完全张开后就再也合不上，像个窟窿，放回水里就紧闭着不再动了。我将它重新捞出来，拧开水龙头冲击它的腮部，再放回鱼缸它的身体就开始下沉。我的救助是徒劳的，它已经死了，和那块黄色的风景石一起沉在水底。顿然觉得有只手伸进我的胸腔，狠狠掏走了什么东西似的。那种失落和冰凉的感觉让我整个人都觉得空洞洞的。我不相信它已经死亡的事实，认为它还会活起来。我在鱼缸前站了许久，直到它的尸体缓慢浮上水面。

打捞它的尸体是一次触摸死亡的机会，我仔细观察，想要找到造成它死亡的原因。它的肚子鼓胀鼓胀的，像是在里面藏了一个鸭蛋，鳞片和活着的时候一样光滑亮泽，无伤痕。我想一定是我在前夜里喂了太多鱼食，让它活活撑死了。这个贪婪得只知道饥饿却不在乎性命的家伙，在我的慷慨下葬送了自己的性命。

老赵临走时明明嘱咐过每次喂食的分量和时间，可我还是忘得干干净净。我要是少喂一点鱼食它可能就不会死，或者昨晚我就不应该喂食。一连几天我对它们的照顾都变得极为小心和谨慎，我陷入深深的自责与懊恼里面——我害死了一条鱼！我用袋子将它包好，丢进离我住所九百米处的一条小河里。我认为它终年生活在水

在南方醒来

下，死后也应该以水埋葬。这样它才能瞑目，生命才得以圆满。我几乎忘记了它只是一条鱼。

  第二条鱼的死亡没有任何来由，我见到它的尸体时依旧一样的突然，一样的茫然无助。我的情绪显得有些低落。将它捞出来摊晾在洗手间的地上，拍了一张照片发给老赵，又用手电筒观察了很久很久，没有任何痕迹可供我追寻它死亡的时间以及原因。它就那么不明不白地死了。这种没来由的死亡让我感到紧迫、无力又无计可施。不知道还会不会有同样的事情发生，还有多少条鱼会接连死去。我原本也想将它丢进那条河里去，可是最后没有，我觉得那条河的距离有些远。已经是夏天的傍晚了，天气那么燥热，就将它埋在楼下的草地里。用菜刀铲了一个很小的坑，把它放在里面再盖些土。顺手从旁边树上摘一把银杏叶洒在上面。那些扇形的小树叶落在土堆上就像是冥币洒在坟墓。

  在第二条鱼的尸体还没彻底腐烂之前，第三条鱼也准时地死了。它的尸体藏在水草丛中，很难被人发现。我费了一番功夫才将它捞出来。手上残留一股难闻的腥味，总觉得无法洗干净。不可否认，发现这条死鱼时，我依旧伴有同样的慌乱感，甚至认为死亡会传染。我同样将它埋在上一条死鱼的旁边，然后洒满银杏叶。

  老赵在电话里除了痛惜这些他饲养了一年多的生命一条一条死

在我手里，剩下的就是些不痛不痒的指责。他建议我去附近的花鸟市场请教一些有经验的养鱼人。而花鸟市场那个卖景观鱼的中年男人无疑是热情的，热情得过分。脸和嘴都被热情烧红了。他不厌其烦地询问，又慢条斯理地回答。最后我从他手里买回满满三罐进口鱼食，一瓶杀菌药水，一个过滤器。

可是死亡仍未终止。所有的挽救和防患在这种倔强的死亡面前暴露出生命不堪一击的脆弱。当第四条、第五条、第六条鱼接连死了之后，我的慌乱感和同情就跟着它们一起死了。这并不是一件多么重要的事情，死就死了，没必要花时间去探究和发现造成死亡的原因。我用漏网捞出它们的尸体，转身就丢进洗手间的马桶冲走，整个过程不足一分钟。

5

这次死的是一条红色锦鲤，和我的手掌一般大小。最初，它的身上有很好看的斑纹。大红、浅黄、银白，这三种颜色在它的身子和尾部随意交织。头部有一块不规律的大红斑，像是留在婴儿身上的红色胎记。一段时间之后，它这些好看的斑纹和额头那块大红斑逐渐都消失了，通体呈一种暗黄色，是那种缺乏灵气的死色，看上去让人觉得心情沉闷并压抑。每次喂食的时候，它会连续咬住两粒或者三粒鱼食再沉到缸底，衔住一颗铺在水下的白色小石子，含进嘴里伴着鱼食一起慢慢咀嚼。嚼完再将石子吐出来。我曾经一度为它的这种举动感到不可思议。太神奇了，它只是一条鱼，竟然懂得借助石子的摩擦来帮助自己完成咀嚼的动作。而现在，它抿紧下颌，浮在鱼缸的一个角落。我把漏网伸进缸里捞它时，其他的鱼都迅速逃散。它们躲到鱼缸的假山后面缩成一团。沉积在鱼缸底部的脏物开始向上翻滚，被鱼吸进嘴里又吐出来后，水面上就飘着许多细碎的黏稠的气泡，水也变得混浊。我把那条死去的锦鲤提出水面，所有的鱼就齐刷刷地游向同一个地方——漂浮过死鱼的地方。交叉转了几圈后便各自散开。

我不知道鱼懂不懂得生死离别的含义，但是它们应该会觉察到，在它们之间少了一位成员——体型最大的那个家伙。平日里它们每天都会紧紧跟在这条大鱼后面来回游动，像是随从紧跟着主人。现在，这条大鱼死了，它们的游动就变得没有秩序和方向，在鱼缸里四处扑腾，乱作一团。它们应该知道并接受一个无能为力的现实——它们的头领死了！一个新的头领即将在它们之间诞生。

时间的长短取决于记忆能够保留多少印迹，失去记忆就意味着时间的断裂乃至消失。书上说一条鱼的记忆只有七秒。如果这种说法成立的话，那么我可不可以理解为鱼的一生只有七秒呢？所有的美好和痛苦都一样短暂，从生到死，干净而又新鲜。

其实，我并不知道那条鱼是什么时候死的。之所以说在夜里，是因为我觉得黑暗更贴近于死亡的气息。

2013 年　上海

过完一个冬天

天气是在一夜间变冷的,我分明是在昨天看见隔壁的女人穿着吊带衫从楼下士多店里买了两瓶冰冻啤酒。我打了一个寒战,风很凌厉地从一头扑向另一头,带着狂妄的声音就朝我奔来。推上窗户,拉好窗帘,我开始恐慌,开始躲避。它循着我的气味追逐着我,从逼仄的窗户缝隙在我租来的房子里旋转,最后我被团团围住,在这些声音里沉没。我穿着一条格子短裤,一件棉质汗衫,风迅猛、厚重,像一件冰冷的利器,身体开始出现割裂般的痛感。我开始在房间里寻觅——毛衣、棉裤、外套、更厚的被子……这些物质一一浮出,告诉我一个季节的消亡和另一个季节的新生。不知道是这种变化太过仓促,还是我的反应总是迟缓,黑暗早早地豁开吞噬的口让整个白昼都陷落进去;一个清晨醒来,娇艳的花朵碎落一地；还有那一阵阵从遥远的地方朝我奔来的风。这一切没有预兆，干脆、猝不及防，像是一颗从远处飞来的子弹，我来不及思考或者逃窜，它就带着一种猛烈的金属质感穿透我的身体。然后静止，呼吸、脉搏、思想、感观，然后闭上眼睛，用一种冰冷僵硬的表情把自己推往更深的黑暗，向着黑暗更远更厚重的地方，我看见自己被一个冬天纠缠。它残缺、不完整，又致密得像一个梦一样繁华，将我长久地覆盖。我用尽所有的力气，踢腾、奔跑、撕咬、挣扎，可还是无从逃离。它以霸道的、强硬的气势砸向我的身体，使我轰然倒下……而当我站起来的时候，我看见自己被一束光照亮：一张疲惫的脸，漠然无助的表情，杂乱和动荡不安的场景，还有那深埋在孤独背后隐隐的痛。

2002年的冬天，我住在新洲岛上。那个小岛闭塞、偏僻。那些幽深的巷子阴暗、潮湿、脏乱，总有一股发霉的味道，阳光似乎永远也照不进去。密集的农民楼里，住满了租户：捞仔（外来打工者）、小偷、骗子、妓女、民工、强奸犯、抢劫犯、流氓以及一些衣着光鲜搞传销的年轻人。他们在那个岛上不停地流动，一个离开了必定有另外一个补上，一段故事永远不缺乏人物和情节。我把这些人一一罗列出来，置放到一个平面内，不分秩序、剔除规则，一个鲜活的场顿时生动起来：动荡、混乱、危险、嘈杂、肮脏、喧器，还散发着颓废与暧昧的气息。小岛上的夜远比白天要生动，他们频繁地出动，召集到一起在路边的士多店（小卖部）里喝酒、吃花生、打扑克、谈论女人，说一些不咸不淡的黄段子。几个女子，穿着从夜市上买来的廉价衣服，把身体裹得紧紧的，妖艳又暴露，天黑后就站在路口公共厕所旁的芭蕉树下，然后冲每一个路过的男人吹口哨，或者上前拉着男人的衣角。当男人停下来，他们就开始交谈：一百。五十啦。好啦好啦，老板，就三十块啦。接着，男人就猥琐地随着女人走进芭蕉林。这个时候男人通常都低着头，女人在前面翘首摆臀，如同是一个卑微的乞丐跟着一位高贵的公主，身份好像有些混乱。林子里所有的生命都探出脑袋，它们被这一对人惊醒了，张望、逃跑、躲避，嘶嘶的声音，这两个人就在这样一个自然的环境里，一同坠入一种无边的黑暗，有着原始的野性和虔诚。那条路上，芭蕉林里，一股呛人的香水味弥漫了一整个冬天。

一个生存的场景被粗暴和野蛮塞满，总有一些人目的明确，而总有一些人图谋不轨，在这两种思想的背后，有一种精神或者力量推动他们不顾一切地前进。一个男人在前一天晚上和一个女人在芭蕉林里撒欢，第二天一起在士多店里喝酒，他们可以谁都不认识谁，或许他们还住在同一栋楼里。这是一件多么荒诞的事情啊！岛上没有规则，像是一个卫生死角，各种杂物都堆放在一起。他们本真、芜杂、狰狞,有一种肮脏的自由。在那种自由里我被扭曲成一个身份不明的人,我的职业、来历、背景,这些在别人眼里看似无关紧要又神秘的事情从来没有人提起过。我更不用担心会在夜里被一阵霸道、蛮横的踢门声惊醒,然后被要求摆出一件件能够证明我身份的证件——身份证、暂住证、工作证、计划生育证。这些证件垒起来就是一个人的高度,我拿出这种种证件的时候,意味着被这座城市抛弃,狠狠地、无情地。我抗拒那样苍白的盘查,会让我疼痛。

我租的房子是栋简易的单元楼,两室一厅。隔壁住着我的同事,一个刚从学校里出来的小伙子,嘴角长着淡淡的桃子毛,有点邋遢,不怎么爱说话,脸上写满单纯和对美好未来的憧憬。我如今记不起他的名字,他是哪里人,只记得他弹一手好吉他。每月他都把工资花得精光,然后找我借钱吃饭、买洗衣粉和充电话费。他的女朋友操一口纯正的本地话,体态丰盈,见人就笑。我不知道他的职业,同事说她家里有两栋七层高楼房,全部外租,还有一座种满荔枝的山头。每到夏天的时候,殷红殷红的荔枝挂满枝丫,山头就像是被一场大火烧着了。这是他一直引以为满足的,每次跟我谈起这些,他的心情就会变得亢奋,像是看到了自己的前途一片光明,不,他的脸上就刻着光明。他会哼着小曲,来回在客厅里走动,然后告诉我,你的那些钱,一发工资我就还你。我的对门住的是一个女人,她总是穿着一双细尖细尖的高跟鞋,在深夜喝得醉醺醺地回来,到厕所里呕吐,吐完了就开始哭。我同样不知道她的职业,也不愿意去猜测。楼上是一帮搞传销的年轻人,他们很少出门,一堆人住在一起,被一个繁华的梦编织在一起,他们大声地演说,大声地歌唱,用双手打着拍子,那些歌曲激昂、澎湃、阳光,有积极向上的味道。一楼住的是我的房东,一个七十多岁的老太太,带着她的孙子住在一起,我没见过她家的其他什么人。她进我们的房间总是不敲门,大大方方地、轻悄悄地,像个幽灵一样让我和同事感到恐惧,不说话也不看我们,转一圈就下楼去。

白天我在实验室里做实验,镍网、硼酸、碱液、硝酸、电解水、氢氧化钾……我一一记下他们的比例。是的,好的,我知道,没问题,我会的,明天一早就给你。这些干瘪的句子,从我嘴里蹦出来几乎不用经过思考。我不会忘记,这是我赖以生存的技巧,我要靠它们来养活一个身份不明的人。夜晚我拖着疲惫的身体回来,经过那片芭蕉林、士多店,再回到那间租来的房子里,除了一张发霉得有些变黑的木床,就是满地的书。阅读,是我唯一可以用来消磨漫漫长夜的方式,逐渐安静、放松。密麻的文字是消除紧张、烦躁、恐慌、寂寞的良方。我把这些连同那份孤独一起埋在厚厚的页码下面，尽量不去触碰它们，把青春和理想挂在天花板上，把世界关在门外。我的同事，那个单纯的年轻人，对我这种应对生活的方式，嗤之以鼻。他时常觉得和我这样一个毫无情趣、木讷又迂腐的人住在一起是一种悲哀。他说他的女友有很多姐妹，都长得不错，便常常邀请我和他一起出去，意图使我认识更多的女孩子，我总是说出一大堆的理由，然后继续看书。他去外面喝酒，看露天电影，回来带给我一只烤鸡腿，我把它从窗户里丢掉，然后告诉他多么美味。他说我还可以挽救，不至于烂到骨头里，因为至少我还有味觉。

我相信，在他眼里我一定是一个不正常的人，带着某种病。他的床头和我的床头一墙之隔，薄薄的一层，我时常在深夜的时候被隔壁吱嘎吱嘎的声音惊醒。规律的运动，疯狂的撒欢，木架子床不停地摇晃，整栋楼也开始摇晃。我醒在床上，我用被子把自己裹紧，连头也缩进去。可我还是清晰地听见他们粗暴的喘息和娇柔的呻吟声，他们用一种撒娇的口吻说一些粗俗的语言，将气氛渲染得烈焰无比。那些声音有毁灭的力量，在他们身上游离，把黑暗的夜划开一道口子，最后落到与我这个不相干的人身上。整个夜活跃起来，空气在燃烧，楼体在晃动，我被一把火团团地围住，身体发热、口干舌燥。我感到一股禁锢已久的力量要从血管里逼出来，充满着兽性，我想洗一个冷水澡，可躺在那里动弹不得，我想努力地摆脱那个场景，那种声音，又被生生地吸住。他们更加猛烈，我能感受到他们每一个细微的动作，我甚至看见他们弄垮了那张木架子床。最后男的恣意地大吼，沉闷又响亮，女的发出娇媚的喊叫，一声一声，直至疲倦。我的血管里有一千一万只蚂蚁，它们在撕咬、踢腾，我束手无措，闭上眼睛默默忍受。我狠命地控制着自己的想象，可那些声音在我耳边萦绕，挥之不去。它们在向我施暴，那个和我朝夕相处的同事，肆无忌惮地做着这一切，他不知道，他伤害了一个孤独的人。我感到自己孤苦无助、残缺不全、被冷落、被遗弃。我想大喊大叫，张开嘴，什么也说不出，躺在一个阴暗的角落里淹没，自生自灭。

那样的夜晚被忧伤浸透。我知道，一对温情脉脉的情侣，躺在一张床上会像一朵花儿一样热烈地绽放。他们饥渴、尽情、尽力地享受肉体的狂欢。那些粗暴、暧昧的声音，一声高过一声，一浪接着一浪，刺痛着另外一个茂盛而孤独的生命。黑夜由此变得更加漫长，我蜷缩在我的床上，等待，等待一场浑噩的睡眠，奔向一个阳光热烈的早晨。可我的房东老太太总是在凌晨6点钟就起来，锅碗瓢盆哐当地响，接着就喊她的孙子起床，喝骂、砸门、摔东西。那些动作极具力量，像是一场搏杀，隐隐渗着凄惨和愤怒。我实在想不明白，一个瘦弱的老太太，坐在那里，干瘪得就像是一堆柴禾，她如何能那么精力充沛、怒声嗨嗨？我不敢在这样的一个早晨听见老太太的声音，她的声音里有一种刺痛人的东西，像一根荆棘刺扎在人的心上，想拔又拔不出，那种猛烈的痛感让我想要窥探他们的生活与命运。尽管在她闹腾后我会很快起来，但在清晨6点钟被吵醒是一件让人很恼火的事情。它会影响我一天的情绪，让我一整天都昏昏沉沉。我会把氢氧化钾倒入碱液里面，把硼酸和硝酸混在一起，在记录本上画出一些没有规律的线条，睁开眼就被吓了一跳。我曾经试着与老太太好好谈谈，她的冷漠和固执让我们的交谈僵持起来。她的孙子会和我一起出门去上学，一个很腼腆的孩子，大概十二三岁的样子，面色红润，身材高挑，推一辆半旧的山地自行车。我从来没有听到或者看到他笑过，没看到他跟其他孩子一起。我问他家里其他人去哪了，他摇摇头，这让我一下子窘迫和恐慌起来。你的父母呢？"我有一个爷爷，在年前去世了。"这是他跟我说的唯一的一句话。他开口的时候，我看到他那一排整齐、洁白的牙齿，几乎没一点瑕疵。这样的一个孩子，把自己裹得紧紧的，生怕别人去触碰他。他敏感、淡然、孤僻，他回避我的问题，只字不提。我张开嘴想再问下去，可我不敢，我想到了一个词，那个词，令人害怕。我尝试着跟他靠近，很快就被他的冷漠推开了。那种力量，在他身上似乎是与生俱来的——一个孤独的人，把另一个孤独的生命，推上悬崖，然后坠落。这个像谜一样的孩子，孤独、悲伤的表情，过早地在他稚嫩的脸上弥漫，他仿佛深谙这世上的许多道理。不说话，不笑，不与人交流，像一只浑浊的杯子吞咽自己的喜怒哀乐，所有的幸与不幸。

我的同事总是在早晨起来后抱怨老太太惊扰了他的清梦，他自言自语，破口大骂。那个老冬瓜，要么她死，要么我搬。每天有那么多人死，她怎么不死呢？他每天都用这种恶毒的语言来平息自己的愤怒，他不知道，在无数个深夜，他也惊扰了一个安静的人，那是一种从肉体到思想，再深入灵魂的侵犯。我从来没有在早晨看到过他的女友，她什么时候来的，又是什么时候离开，我一概不知。她在这房子里留下一股味道，氤氲在两个年轻男人的生活里。周末的时候，他在房间里玩弄他的吉他。那确实是一把很美的吉他，暗红色，发光，发亮，那流动的曲线像是浑然天成。他抚摸它的时候，就像是在抚摸一个女人的身体。他不止一次跟我说，吉他就是他的情人，每次见到总会怦然心动，忍不住要摸一把。我认可他的感受，曾经的日子里，我和他一样沉迷这些，沉迷于音乐，沉迷于摇滚和重金属，拼命地吼叫，疯天狂地地弹吉他，左手的指头上磨出厚厚的老茧。看他玩弄吉他的样子，我有一种由衷的、莫名的亲切感。他嘲笑那些抱着吉他只唱不弹的歌手；嘲笑只有扫弦而没有华彩的曲子；嘲笑用吉他就着简谱弹唱。他说那是对吉他、对摇滚乐的亵渎，往大了说，是对音乐的亵渎。他一次在下班的路上，指着鼻子骂那个站在路口用吉他弹黄梅戏讨钱的人。我认同他所有的这一切，他就把我当作知音，那种被认可的满足和喜悦感，就像是在一个沼泽地里觅到一根救命的绳子。他告诉我，音乐，只配给执着和疯狂的人，是不可以拿来叫嚣和卖弄的。而他就是那种执着和疯狂都兼备的人，所以他应该玩音乐，他配，他玩得起。在这个问题上我跟他的分歧在于，首先，他是一个平庸的人，因为爱上音乐，爱上摇滚，所以变得疯狂。我们曾经为这个问题进行过一次激烈的争论，在争论的过程中，我们互相妥协，直到身上的棱角被磨平，变成两块圆滑的鹅卵石。他安静地看着我："你真的还有救。"

"等明年我要组建一个乐队，然后去北京，那里是天堂，有许多像我这样的人。"

"你看我这样像不像猫王？"

"我要是开演唱会，我一定会狠狠地砸烂手上的吉他，然后散场。"

"我要为我的女朋友写一首曲子，我也要为你写一首，因为你寂寞，寂寞原本就是一首曲子嘛。"

那个单纯的年轻人，当他谈起摇滚，谈起音乐的时候，显得是那么狂热、傲慢。他一直睡在一个斑斓的梦里，那是他的天堂，没有人会去打扰他。他的女朋友总是在我们谈话的时候，帮他收拾屋子，把他的内裤、臭袜子、衣服都洗好，晾到阳台上，把整个屋子的地板，连同我的房间都拖得光亮照人。她默默做着这一切，拒绝任何人的帮助。她轻声细语地跟我的同事说让他去买个煤气灶，周末的时候就为他做饭，天天吃快餐没有营养。每一个举动，每一句话都充满着对一个男人的爱。这种爱带着母性、细微、包容。我不止一次地被她这种义无反顾的爱感染，从心里尊重并敬重她，她让我看到了这个世界上最好的女子，我会羡慕、渴望、嫉妒。一个周末的下午，她送我一条烟，说是谢谢我对他男朋友的照顾，并嘱咐我节制些抽。这让我激动不已，我竟然忘记了她是我同事的女友，忘记了她是一个善良、怀着深沉爱情的女人，我的心里甚至出现过最肮脏的想法，在很长的一段时间内，这种想法让我感到耻辱、不安。

我是不敢每天都面对这样一个女人的，我甚至不敢看她的那双眼睛，我把这一切都埋在心里最隐秘的角落，我要把它藏好，不让任何人发现。那种不诚实、肮脏的想法是不可以见光的，我把它丢在一个阴暗的地方，看着它茂盛地抽丝、生长。直到一个昏暗的下午，我的同事，那个单纯的孩子，他喝得酩酊大醉，撕烂了关于那个女人所有的一切，砸烂了那把他自诩为情人的吉他，跪在地上。他号啕着跟我说，他得了病，一种肮脏难以启齿的病。他的哭声里渗着绝望和愤怒，他自言自语，抽搐、颤动。面对这突如其来的剧变，我尽量装出一副很冷静的样子，提醒自己是一个长者，一个比他经验老到的人。可我不知道该如何来安慰眼前这个滴血的年轻男人，或者说，我不知道该如何来安慰我自己。他大声痛骂：她就是一个婊子，一个烂到骨头里的贱人，她应该羞愧地去死，下地狱，他们家的房子……说到房子他狠狠地冷笑一声，他们家的房子就是盖在那片芭蕉林里。婊子！

一个多么纯粹的女人，一个贤良淑德的女人，一个怀着深沉爱情的女人，我从未料到会被这样的一个词定义，我更没料到自己会被那个词刺痛。它是那么的尖锐，像一把锋利的锥子扎在我的心上，而我还要假装出一副浑然不觉的表情强忍着疼痛。那是一种钻心的痛，它属于一个隐藏的秘密，它，属于冬天。

那个冬天里蔓延着一种病，会传染。不，那不是病，是一场瘟疫，从广州到北京，由南向北，快速传播。在这场瘟疫里，猥琐、丑陋、罪恶都清澈如水，一览无余，当然也有虔诚和善良。我的眼睛从来没有离开过一个词——死亡！我每天不停地从报纸或者网络上读着那些死亡的人数、地域，以及死者的身份，然后暗自庆幸。多么阴暗和残忍啊！我经历过一场瘟疫，我在瘟疫里活了下来，我把它当作是自然界跟我们开的一个荒唐的玩笑，玩笑里面有滴血的惩罚。我们的生命变得渺小、脆弱，破败不堪。多么可怕，内心的战栗和惧怕被放大，我们真切地感受到了另一种巨大的残害，毁灭性的。我们恐惧，我们怕得没有任何声音。楼下的老太太拿给我一支毛笔和一摞信纸，让我帮她写份遗嘱。这更让我看到那种死亡的味道就在我的房子里活生生地流动，怎么撵都撵不走。遗嘱是怎么写的？一个活着的人是怎样帮另一个活着的人写遗嘱的？我相信——对于一个惯常写作的人来说，没有什么比写遗嘱更沉重，更苍白了。我把老太太的交代都一一写好后，长长舒一口气，像是完成了一件艰难而又不可推卸的工作。老太太细心地把它们一一叠好，将信纸的折角压得平整、舒展，然后用一块红布包起来。我看着那一幕，仿佛就是在偷窥一个老人在整理自己的前生后世，从容地，平静地，冷冷的场景让我窒息。

　　我在清晨醒来后，会站在阳台上，深吸、静默、远望，穿着单薄的衣服。阳台上有几盆芦荟，青绿又饱满的样子，我从来没过问过它，无论严寒与炙热，干燥与潮湿，它依然孤独地生长。坚韧、刚强让我忽略了它也是种一摧即毁的植物，和生命的某种本质相似。我的头顶是一根钢丝绳，布满了锈，我每天将我的衣服、内裤、袜子统统都挂在上面，从不间断。我需要这样做，我想让更多的人知道，在这个房子里还有一个生命，他可以被忽视，但不可以被忽略。我站在钢丝绳下面，站在我的衣物中间，闻着一股暧昧的洗衣粉的味道，那一刻是宁静的，世界好像刚刚醒来，干净得掉渣子。我一抬头就能看见一轮新鲜的太阳，它从远处的楼顶上升起，像是一只破茧而出后缓缓爬行的蛹虫，我听见山峦地壳分崩离析的碎响。接着，天空中血色苍茫，接着，地面上光影交错、痕迹斑斑……

我深信，这个冬天，它终究会过去。

2007年　广州

第二辑　南方及碎片

从新溪开始

黄埔区新溪北街1号。

这个地方太熟悉了，在离开后的很多年里，我依然能够准确地说出它的具体位置——区政府对面，体育馆斜对面，少年宫东行500米。我甚至还能够闻到它留在身上的味道——混乱、肮脏、暧昧，以及一种向上的活力。它们如此逼真、如此贴切，偶尔想起，各种久违的场景和片段就直奔而来。接着，就会陷入无边的沉默，脸色暗淡，仿佛我从来就不曾摆脱过那种动荡的生活气息。

一个地方对于一个人的意义，总是要在离开后的许多年才被发掘。而当这个地方越来越遥远的时候，那种慌乱感和无助感就像一张致密的网，将人牢牢困住。我就经常在这样一张网里变得坐立不安。许多年前，当我住进那个叫作新溪的村子时，就意识到要向一种生活转身。然后，长期游荡在南方，不断奔走、漂泊、迁徙，从一个住所到另一个住所，从一个城市再迁往下一个城市，遭受一种惯常的陌生气息。这样的转身里面包含了我的谨慎、恐慌、妥协，以及那些个美得淋漓尽致的梦想。它们一碰就碎。

我要赋予这段生活一个响亮的名字，在每一个说出这个名字的瞬间，身体里就能长出锥子，刺痛那些遥远的记忆。

新溪北街1号是我在南方漂泊的日子里，生活得最久的一个地方。可是直到许多年后的今天，我依然没弄明白它弯曲延伸的轨迹。那条新溪北街到底有多长，是什么形状，到底住了多少人。记忆中它的存在显得异常抽象，或者说，它是那样的杂乱不堪。站在那些纵横交错的细小巷子里，你会发现每一条巷子的建筑上都钉着新溪北街的门牌号。那块蓝色的小铁片也总是挂在每一栋建筑最醒目的位置，顿时会让人产生一种强烈的错觉，没有方向感。唯一能够解释这种怪象的大概是这里属于新溪村的北面，所有的巷子就统一命名为新溪北街。

这样的街巷在广州的城中村里异常普遍，它们的景物都一模一样，可以被冠以任何名字，以各自的形式存在，不需要太具体。那些弯曲的巷子狭窄、阴暗、潮湿，终日见不到阳光。密集的村屋里塞满了形形色色的外地人——流水线工人、学生、裁缝、修鞋匠、农民工、小贩、小偷、妓女、骗子、抢劫犯、吸毒以及贩毒的藏匿者。他们被本地人用两个很有意思的名词区分开——"捞仔"（打工者）和"烂仔"（无正当职业的地痞流氓）。把这两种身份的人罗列出来，立马跳出一个混乱的生存场景，弥漫着动荡不安的危险气味，又充满了诱惑。

我租的房子在七楼。外墙的瓷片在无所顾忌的岁月里逐渐由深红褪至浅红，墨绿色的铁门，有些地方油漆已经干裂，爆开的地方就像是一片片爬起的干鱼鳞。第一次推开它，一间不足30平米的房子，方方正正。它醒目的也只有空空四壁——没有家具，没有电器，没有窗帘，甚至没有床。地上布满很厚的灰尘和一些凌乱的脚印。房间的角落里散落了几本过期的杂志——《知音》《家庭医生》《妇女》，还有《故事大王》。房门背后贴着一张性感勾人的海报，那个妖艳半裸的女人搔首弄姿，几乎将整个房门的背面都遮蔽了。我看见她最私密的部位较其他地方更薄，色彩也更寡淡，有很明显因长期触摸而留下的细细褶纹。我本能地猜想这里的前任租客一定是个生猛的男人。无数个荒凉的夜里，他就在这个女人面前，发泄着深埋于心底那种抽风似的欲望。

我付了一个月的押金，一个月的房租。从房东手里接过钥匙，买了一个拖把，一张凉席。把地板拖得锃亮，把那些与我趣味不合的杂志丢到楼下的垃圾池。然后将凉席铺在地上，等待着即将发生在身上的许多可知和不可知的事情，等待由我亲手一点一点搭建起今后光彩的生活。

曾经有很长一段时间，我都把自己关在那间寒酸的房子里，放弃言说和表达，放弃写作。用一种更加彻底的态度来说服自己对这种陌生气息的接受。在新溪村这样的地方，我永远不能成为它的主人。这里的租客换过一茬又一茬，每天都有人离开，每天又有新的人搬进来。生活就在这些来往的脚步下，每天如期地上演，从不间断。查暂住证的治安员、计生办的大妈，还有居委会的阿姨，他们接二连三地到访、踢门、砸门，只是为了查看我的各种证件，然后用游离又冷漠的眼光扫视我，他们的每一个举动跟眼神都反复提醒我：你不属于这里，以前是这样，以后也是这样！每次送走他们，我都会用力把门关上，随即产生一种强烈的逃离欲望。原本对一种新生活的向往和热情，一下子就掉在冰凉的地板上，内心变得空荡不安。

我要赶紧找到一份体面的工作，它不但可以养活我，还有可能让我远离这个杂乱肮脏的地方，远离新溪北街1号的农民屋。远离新溪，这个与我年轻、阳光的脸遥不相称的村子。我可以住进一个高档的小区，阳光明媚的房子、干净时尚的装修，有葱郁的人工草地、假山、各种裁剪整齐的绿色植物，有游泳池、鹅卵石铺垫的弯曲小路，还有会对我彬彬有礼的保安。我衣着光鲜地自由出入，不用被人询问和阻拦。我买了各种有关招聘信息的报纸，去网吧，在大大小小的求职网站注册信息。人才市场、职业介绍所等等这些所有与工作能够搭上关系的地方，都能看到我经过或者留下的身影。

我还请求朋友打印了整整一百份履历表，它们叠在一起足足有一本小说那么厚。每天夜里，我趴在凉席上填写履历，一字一字很小心地写着。按照不同的职位要求，反复变更履历表上工作经历一栏的内容——管理培训生、技术工程师、生产计划员、仓库主管、设备主管、销售代表、广告策划、文案……啊，这些混乱的职务和经历，它们很多甚至对我自己都是陌生的。我在每一张履历表的后面都附带一封饱含深情的求职信，洋洋洒洒地阐述我对工作的热情和承诺。天一亮就去邮局，把它们寄向不同的地方。然后挤上公交车，九点钟准时赶往各种类型的招聘会现场。在一个一个用薄木板隔成的企业展位前面浏览企业简介、招聘职位、招聘要求以及薪资待遇。深呼吸、打招呼、递简历、做自我介绍、接受面试官的提问和考量。这一系列的动作从最初的生疏逐渐变得老到，透漏出某种久经沙场的得意。

那些和我一样渴望工作的人，在一个个会展中心或者体育馆，把整个招聘会现场塞得满满的。人贴人，人挤人，紧紧挨着，比泥巢倾覆时慌乱奔逃的蚂蚁都多，比暴雨前野外低空飞舞的蜻蜓都多。我双脚离地，就被四周的身体紧紧抵挡着，架在半空。不用担心跌倒或者牵绊，我只需要想着怎样才能拼命地向前挪动。在这样的地方，空间成了奢侈的代表。廉价的香水、汗渍、口臭、体臭，还有偷偷从体内排放的恶臭统统纠缠在一起，再被人统统吸进身体，分不清也分不开。一场招聘会下来人就头晕目眩，耳朵里长久地回响起那种嘈杂、宣泄的轰鸣声。而那些在隔间里若无其事的面试官，无一例外穿着白衬衫，打着领带，干净整洁，公公正正地坐在椅子上，都有着一双锐利、深邃的眼睛和不耐烦的表情。我对他们充满敬畏和羡慕，害怕被那样的眼睛牢牢盯住，害怕他们轮番地提问和质疑，然后，用礼貌的语气告诉我：对不起，你不符合我们的要求。或者一声简短的：谢谢！请你回去等我们的通知。这样的答复，无疑有一种毁灭的力量，从他们的口里传达出来，会让我的整个身体变得松垮，陷入一种漫无边际的荒凉。

在这样的招聘会现场，所有人的眼睛里都充满了期待。求职者期待，招聘者同样期待。一个期待发现，一个期待能被发现。这些和我有着相同目的的人，无一例外地焦虑和紧张，奔走在不同的企业之间，寻求一个生存的机会，一些在逼仄的现实里皱巴巴的梦想。在与面试官对视的那一刻，他们瞬间表情舒缓、满脸热忱。包括自己对工作的激情、热爱，对自身能力的肯定以及自我价值的认可都明晃晃地挂在脸上，一览无余。而在几轮交谈之后，这些东西荡然无存。他们败下阵来，干脆、彻底，连回旋的缝隙都没有。那样的交谈里面藏着一把锋利的刀子，在对话的结尾处将面试的人劈成两瓣。一半是残存的信念，一半是死去的希望。

在休息区的长凳上，我看到所有的人目光呆滞、神情恍惚，脸上印着同样的惨淡和同样的失落。这仿佛是一种集体的表情，在读了数十年书后的今天，回落到青春现实的脸上。所有的学识、理想、热情、感情突然间轻淡惨白。那些通红的各种证件，远不及一份工作实在。如果这时候有人说"万般皆下品，唯有读书高"，一定会伤着自己。而许多年后，我一直质疑那些花样繁多的招聘会能真正解决多少实质性的问题，能为多少无业者提供就业的机会。我甚至看到一些女生呆滞的眼睛里噙满了泪水。这些从心底里涌出的东西，它背后深藏的况味里有着同样的疼痛和辛酸，远远就能感受到。

那些泪水晶莹滚烫，照亮这个偌大城市的冷漠，同时照亮自己的渺小与无助。我偷偷看着他们，其实是在偷偷看着自己。

而在这个南方的繁华里急剧膨胀的城市，两汪热泪抵不过一滴汗水的力量。从一场招聘会里出来，我的身体就像被掏空。每一次面试的结束都会让我陷入一种暗无天日的等待。我会在傍晚的时候到楼下的小饭馆点一份清炒土豆丝,或者一盘蒜蓉炒青菜,带着自己从小店里买来的辣椒酱,吃满满几碗饭,然后喝一大杯凉水。我把它们统统灌进身体里面,为的只是让这种等待变得更加持久,为的只是蓄积些力量在紧接而来的第二天四处奔走。我的房东,那个四十出头的男人,他总是很关心我求职的结果。每隔两天就会如期地出现在我的房子里,询问我在找工作时的遭遇和进展。然后用质问的语气问我:怎么还没找到?在房里转一圈便悠悠下楼去。在这件事情上,我们有足够的默契和相同的期盼。这意味着我有没有能力支付下一个月的房租,他需要提前决定我的去留问题。这种关心是多么的廉价啊!我看到那晚他下楼前投向我的最后一眼目光细瘦下去,照见自己弱小的身子骨和薄薄的命运。

这也是新溪村所有租户的命运,他们在夹缝里飘荡,一阵风,就开始散落,不知去向。

我一直觉得,那阵风里就有我。夜里惊醒的时候,身子就轻飘飘地钻进去了。接着,是一阵紧一阵的巨大恐慌,像是悬在一种无边的黑暗里。白天发生的一切,它们在夜里如期而至,循着气味紧跟着我,追逐着我。我看见自己落魄的身影在职业介绍所张贴出来的招聘信息前一遍一遍经过、徘徊、逗留;看见自己坐在南方人才市场前的台阶上迟迟不肯离去，望着那些衣着光鲜、匆忙上下班的人心生羡慕；看见许许多多和我一样的人在招聘会上用胆怯和颤抖的声音与面试官交流；看见自己攥紧的拳头和踌躇满志的表情退换成央求的口吻与那位招聘经理的对话——他拿着我精心准备的履历和一封深情款款的求职信，就像是牢牢掌握了我的命运。它是那么的轻，那么的薄！我还看见写求职信时悄悄落在信笺边缘的泪水，以及那个衣食无忧腆着大肚子的房东。那样的夜晚，是最困倦也是最疼痛的。它像梦魇一样紧紧包裹着我，所有的挣扎、踢腾都变得疲软无力。

最后我瘫在凉席上，两眼虚弱地望着房顶。那清冷的白色印在我的脸上，身子一片冰凉。白天所释放出的热情、斗志，换来一个个虚渺微薄的希望。在那样安静的夜里除了孤独和荒凉，唯一能做的只有把履历上的内容反复默念几遍；定好闹钟，把声音调至最大；在地图上勾出天亮后要去面试的地方；把身上的钱全部都清点一遍，面额大的装进贴身的口袋，面额小的放进外层衣服口袋。然后静静地等着天亮，等着得到一份可以养活自己的工作，告别这些难以入眠的夜晚。

给母亲打电话，那个两鬓已经有些微白的女人，她一定是被我的举动吓到了，在电话那头焦急盘问。我回复她一切都好，工作进

在南方醒来

展顺利，老板喜欢并且赏识我，不久将会加薪并且正在计划一次激动人心的旅行。她悬着的心得以安稳，颤抖的声音慢慢变得舒缓，叮嘱我不要太累，注意休息和多补充营养，和同事之间搞好关系，外出旅行要注意安全。她的声音一下子带给我家的味道和亲人间久违的温暖。也就在那一刻，我的喉咙里像是塞满了异物，声音死死卡在里面怎样都出不来，然后面颊灼热，白色的房顶也在我的视线里逐步高远、缩小，直至模糊。随即便掐断电话，一摸双眼，里面全是泪水。

就在那夜，我看见窗户下面堆积的报纸已经很厚很厚了。我把它们一张一张叠好，再用绳子捆绑起来。它们承载了我太多的希望。我在捆绑它们的同时，连同希望也一并捆在里面。我用手反复地拎起，它们是那么厚重，重得我不得不弯下了身子。而放在旁边的那叠履历表已经很薄了，它们整齐地躺在地上。白色的打印纸，精心设计的表格，等待着记录一个人的身份和二十多年杂乱的过去，暗含无助与希望，甚至还有欺骗。两张薄薄的白纸，拿在手上比巴掌大不了多少，它如何能装下一个人的一切？它凭什么让我费尽心力去填满，让我的来历和身世呈现在一双双刻薄的眼睛里？我用脚狠狠踢开它们，它们四处飞落，地上立马呈现出一块干净、明亮的印记。而就在这样的泄愤过后，我开始感到更加惊讶和不安。

地上呈现出的那块干净又方正的印记，醒目并且晃眼。就像是烈日下的一面方镜，它让我看见自己的单薄、愤怒和丧失理智后危险的样子。也让我看见空荡的房子里已经落满了厚厚的灰尘。原来我在这里已经住了很久了，在这么长的时间里，我每天都抽取和填写这些履历，它们竟然从来没有被挪动过位置。仿佛我在各个不同的地方留下求职的信息却从没引起别人的注意。又仿佛我每天在外奔走，总想着能够离开这个嘈杂的村子，夜里却又如期回到了这个地方。一种无以言说的悲凉迅猛地攫住了我的整个身子，在无限深远的黑暗里，不可遏止地往下落，往下坠落……

夜空的永恒总是那样令人绝望。面对这些绵延无尽的夜晚，我不止一次地想要逃离，却又不知去往哪里。在每一次远处江面上的货轮发出沉闷的汽笛声后，我总是会翻动一下身子，然后紧闭双眼——我渴望一张干净的床、一份安稳的工作、一场不必惊醒的睡眠，就此轻轻松松地睡去，让睡眠抵达更深、更沉、更厚重的地方。第二天醒来，阳光灿烂，空气鲜甜。我张开双臂，望向远方，整个城市在我面前逐一打开。我需要给自己一种假设并且坚信，那里是无所畏惧的光明。

2012 年　上海

从广州到台山

二〇〇二年夏天,当我在广州的工作迟迟没有着落时,我到长途汽车站买了张车票去往台山。那里有我新的开始。我清楚地记得那个下午,天空是怎样由绀青慢慢转为灿黄。站在车站前广场上抬头望向它的那一刻,猛烈的光线把面颊晒得发烫。我从来没有像那天下午一样仰望天空的深远,从来不知道光影的转变会那么令人心动。太久太久的日子,我一直低头专注着手里的事情,为了找一份维持生计的工作在广州的各个角落里奔走。阳光、雨水、草木这些东西看起来似乎与我的生活毫不相干,我无心也无力朝它们望一眼。而就在我准备离开的时候,它们一下子变得烈艳、明亮,透过车站广场上翻滚的人流混着躁动不安的气息。

离开是对我在广州短暂生活最好的一种祭奠方式。是的,祭奠，在收拾行李的那一刻，我在广州的生活就已经死了。这个响亮而又庞大的现代化工业城市将与我彻底隔断，今后不再有任何关系。她曾经像个盛大的节日般吸引我的到来，把热情和理想渲染得浓烈无比。我做过这样的设想：一份收入不菲的工作，享受充实的生活，拓展人脉与交际，积累第一桶资金，然后抓住时机轰轰烈烈大干一场——其中不乏投机倒把和背信弃义的阴暗想法。受人尊敬和羡慕，包括找一个火辣的女人，收获一份缠绵又浓烈的爱情……而在广州三个月的求职经历中，我整日忙碌，最终一无所获。三个月的时间这些华丽丽的想法完全碎裂，在一份最基本的工作面前耻于被提起。我不得不摒弃它们去往另一个更小的陌生城市，作为一种生存的延续而与宏大的理想无关。

理想一词太大了，大到抽象没有边际。它不接地气。在我一次次求职无果的境遇里，它逐渐细瘦干瘪，逐渐被吃饭睡觉这类平常又掀不起波澜的事情取代。这两样简单而本应该无忧的事情，在我南方动荡的生活中是一个无法回避又永恒的现实话题。它关乎生存，关乎我立身于此的命运。我将近两百份简历附带亲笔求职信天女散花般寄往不同的人手里，然后静待这众多机会中属于自己的那一个。那些简历朴素而又干净，记录着一个人的来龙去脉，身世及身份。我的一位朋友曾不屑地说：这就是你的简历？你就准备拿这样的简历去找工作？他与我分享他在找工作时的经验——简历要别致漂亮，弄得特别一点，让人眼前一亮然后才能记住你。工作经历一栏可以作假，根据不同行业、不同岗位的招聘要求写上相对应的工作经历。最好是多写几份，这样别人会认为你资历更丰富。有没有真的做过倒没关系，编得像一点就行，反正没人去调查你，只要写上成功的把握就会更大。多么巧妙和熟练的一套啊，听起来像谋略。而他也确实通过这种方法获得了一份还算不错的工作，正混得风生水起。我没有这样干，不是因为我不善于编造，更不是因为我的道德比他高尚，而是认为这种利用欺骗的方式去刻意迎合招聘单位的胃口以此增加成功的概率，谎言终有一天会被揭穿。它会让我长期地感到不安。我只是将求职信越写越长，也越写越诚恳。为了让负责招聘的人能够感受到我对于工作的极度渴望和热情，甚至说出不要薪水与福利这种瘆人的话，只要求管吃管住。可最后它们全无音讯，像死去的人一样绝寂。

黄村路6号是邮局，隔壁是彩票投注站兼卖报纸。我每天早晨买一份广州日报和一份南方都市报，从求职招聘版面获取岗位信息、公司地址、邮编以及联系人。夜里就把准备好的简历连同求职信塞进邮局门口的信箱。不知出于何种心理，我总是觉得那个信箱不够安全，觉得里面的信件根本就寄不出去，每次都要轻轻拍几下。每周花两块钱到投注站买注彩票，找不到工作就中一次大奖——这是我心里最真切的想法。最后的事实证明，等待面试的通知和等待中奖的消息，这两者的结果都是一样的。从最初的希望、惦记直到真相大白后的失望。

在广州的哥哥每天下班后会准时询问我找工作的进展。那时候它还在一个私人老板的电池厂里做技术主管，后来因为公司业务拓展不力被安排去做销售，再后来就去了深圳自己创业。他在每次听完我的抱怨后，对我未来的生活表现出比我更多的担忧。三个月的时间里我一直在靠他的资助而活，在那些失意的日子里他对我的关爱和照顾像阳光一般温暖。他几乎是委托了所有能够联系的朋友帮我留意工作，也会偶尔给我一些人名和电话号码。我打过去，对方除了遗憾和歉意就只剩下一些客套。而最后，就在我对此不抱希望时，他终于通过在台山的一个朋友帮我物色到一份仓库配料员的工作，负责仓库的配料并发往车间生产线。台资企业，五天八小时工作制，试用期底薪五百，转正后六百，关键是包吃包住。他在告诉我这一消息时，几乎是雀跃着的，抑制不住的兴奋里面说话的声音也在抖动。

当天夜里他把我叫到一个小馆子，点了几份小菜和啤酒。像是庆祝而又弥漫着告别的味道。整个晚上，馆子里就我们两个客人。

在南方醒来

老板是个憨厚的中年妇女，一直坐在角落里算账。简短的庆祝过后，激动的心情逐渐平复。他给了我一些车费和生活费，强调这份工作的不易并嘱咐我妥善照顾自己。在谈及今后打算的问题时，他稍微停顿后声音突然低沉：我们公司的业务不行，已经三个月没发工资。你先过去探探情况，弄不好我也得去。说完他将一杯啤酒一饮而尽。然后拿起桌上的酒瓶，再往杯子里倒入啤酒。那些白色的、细小的泡沫迅速上升，发出嗞嗞嗞的声音，从杯底沿着杯壁一点一点碎掉。我们的交谈渐渐变得稀疏难辨，最后都不说话，只是一根接一根地抽烟。

就在结账时，那个女老板说我们是她店里最后两位客人。她与房东之间的合同已经到期，因承受不了新的租金只好把馆子关了。她的笑容和她的人一样憨厚，那几个小菜算是送我们的，只收了几瓶啤酒钱。

经过黄村公园回住所，那些路灯全都发出昏暗的光，像是没有睡醒。石子铺成的小径一路弯曲，长条石凳上坐着一对情侣，他们拥在一起小声说话。黑暗的榕树下几个衣着暴露的女人朝我们吹口哨，她们全都喷着同一个牌子的廉价香水，从事和那些香水一样廉价的职业，有着暧昧的诱人的味道。前方就是夜市，摆地摊的、乞讨的、玩杂耍的、弹吉他卖唱的、卖衣服鞋子的、卖盗版光碟和盗版书的、烧烤摊、麻辣烫，小偷以及骗子他们全都在夜里醒来，分布在马路两边，热闹非凡。整条街都在夜里变得躁动，有一种危险的、肮脏的、向上的活力。他们当中的所有人都和我一样成为这个城市的外来者，隐在繁华背后，生活的姿态贴近地面。我们身上有着相同的气味和相同的目的，命运似乎也是相通的，熟悉并且熨帖。

我进入他们的深处，瞬即就被卷入这混乱的喧闹之中。有人向我招徕生意，熟练地、亲切地，满脸热情和微笑。我拒绝他们，同时想起自己一次次的求职经历。那些用人单位关于年龄、性别和户籍方面带有歧视的规定把我阻挡在外。对广东话的强势要求以及那些小企业面试官傲慢的嘴脸和无聊得几近愚蠢的问题。他们甚至把我当作是一个傻子，要求唱国歌，背诵二十六个英文字母，圆周率，脑筋急转弯，趴在地面做俯卧撑，讲一个能够将他逗乐的笑话，同时让我和另一个面试者用语言相互攻击，最后我们谁都没被聘用。这些近乎玩弄的把戏像嘲笑，我一一接受并尽量做到让他们满意。分三次被职业介绍所骗去金额不等的介绍费，理论无果后在夜里砸烂他们的玻璃门。还有一次在面试服装厂搬运工的过程中，我与同去面试的八个壮年劳力一起比力气和速度，很快就败给他们。那个身子硬朗的面试官递给我一瓶矿泉水——你这么瘦小，就算赢了我也不敢用你。他的河南口音后来一直嵌在我的记忆里。

多么生动而又丰富的经历啊，暗合一个人浅浅的命运。从广州到台山，一头是我的过去，另一头是我的未来。作为一种分割式总结，它清晰明朗地宣示我与这些遭遇的告别，迅速地又把我推向另一个动荡的开始。从广州到台山的距离，就是从过去通往未来的距离。对于那个叫台山的城市，我充满陌生。但这似乎并不重要，在长期动荡不安的生活里，我已习惯了对陌生的适从。当处于无助、恐慌、压抑和落魄的困境时，陌生便有一种新生的明亮。它象征自由与希望，让我有亲近的迫切感。我可以对广州的经历甩下一个句号并做出总结——那些恐慌而又难挨的日子都过去了。然后投入一种新的生活。想必，它应该是踏实和饱满的，让人激动并且热爱。

坐进开往台山的大巴车之前，我卸掉了广州的手机卡，丢在地上。它已经欠费很久了，而我也不再需要它，它已经无法连接我以后的生活。

2012年　上海

新洲是个岛

一

我在岛上居住的房子位于新洲村的入口——沿着进村的马路朝里走,在第一个路口右拐,直行两百米。

在这样简单的指引下就能到达,不用费太多口舌和周折,跟方向也没多大牵连。我从一名机械修理工的身份里摆脱出来,从中午一直到深夜,从响亮的广州城区一直到冷清的江边,转了三趟公共巴士,坐了两辆不同程度破旧的摩的,风尘而至。那一天,奔走了多远的路已浑然不清,只是觉得遥远。像是从一个城市赶去另一座城市。而事实上,这一整天的时间我都从未离开过广州。坐在公共巴士上一路昏睡,有种被解禁后前所未有的痛快和轻松感。啊,我结束了卑微的机修工生涯,告别了那些让人作呕的油污以及私人企业那种惯有的微妙关系——一不小心我就有可能面临流离失所的困境,甚至会引来无故的灭顶之灾。我告别了这一切,多么激动人心的事情,干净、干脆,有新生般的明亮。它同时也让我放弃了抵御和反抗,失去对外部环境判断与防范的能力。我的行李果断地不见了,它被人偷走了。而我根本不知道它是怎么消失的,在哪个站被什么人拎走了。挤上公交车后,它原本塞在我的座椅下面。从昏睡中睁开眼睛,它就不翼而飞。只有满车的人,满车的异味和满车混杂的声音。打电话、交谈、发呆、吃简便的早餐、发手机短信……所有的一切看起来都很正常、很自然也很忙碌。

他们用各种擅长的方式来打发那段漫长而又摇摇晃晃的时间。在那辆破旧又拥挤的公交车上,没有人会关心一个陌生人的遭遇,也不会有人关心我那件行李的去向。他们时刻关注扩音器里报出的每一个站名,算好下车的时间,然后猛然钻出车门。我想给亲人和几个信得过的朋友打电话,告诉他们我的行李不见了,所有的东西都被人偷了。我想求助,让他们告诉我,接下来该怎么办。但是很快,这种意图就荡然无存。我把手伸进右边的裤袋,多么惊喜和幸运,我的手机和钱竟然还在身上。我牢牢抓住那部黑色的手机,它是我唯一与外界联络的工具,远比那件行李值钱。还有那几张皱巴的钞票，它要养活我很长一段时间。我害怕别人看见它们。在那个混乱、拥挤的公交车上，我觉得每一个人都像贼。他们都在伺机而动，不知什么时候就会偷走我身上所有值钱的东西。也就在那一刻，我深信我比他们中间的任何一个都清醒。我观察了他们每一个人，表情、动作、性别、身高以及随身所带物品并猜测他们的身份。这样的观察越仔细、揣测越多就越发加深了藏在我心里那个邪恶的念头——我要寻找一个合适的目标，用相同的手段来弥补自己的损失。

多么大胆而又光明的想法，它让一个正直的人有了做贼的动机并为此心安理得。我准备了详细的方案和出逃线路，并一次次更换下手的对象。站在靠近后门位置的那个中年男人，他右手紧紧抓着椅背，左手正举着电话与对方谈论某种商品的价格。我盯着夹在他左边腋下那个时尚的咖啡色手包看了很久。当车子将要停靠在下一站时，司机踩下刹车，他的身体便会失去平衡。我可以在他注意力高度集中和紧张时，趁乱拿走他腋下那个手包，然后下车。他靠近门边，从得手到下车的整个过程只需要十秒钟。在他反应过来时，我已经下车。运气好的话，车已经关上车门开走了。可是在他移动身体时，我发现他的身材壮硕，整个下巴和腮部都冒出浅浅的浓密的胡茬。即便是在早晨精心地刮过，也褪不掉他满脸的霸气。站在他旁边的年轻女人警惕性很高，她的眼睛从未朝同一个方向注视超过一分钟。挂着毛绒娃娃的双肩包背在胸前，紧贴着胸口。再远一些就是车的尾部，堆满了人，连伸只手进去的空间都没有。坐在我身边靠窗位置的是刚买菜回来的大妈。离我最近的另一个男人，空手站着，样子看上去比我更寒酸。而紧挨着站在我身边的是一个优雅的女人，穿着浅色的职业装。尽管画了淡妆，也无法掩盖脸上疲倦的神态。她一手扶着我的椅背，另一只手抓着头顶的扶手，柔软的小腹紧紧抵着我的左肩。她的单肩包几乎就垂在我的胸前。

　　这个大方的女人，从她优雅的装扮上完全可以断定她是这辆公交车上身份最优越的一个。我觉得她随身的任何一件物品都比我那个被人偷走的行李值钱。她紧贴着我，或许她亲眼看着那个小偷拎走我的行李，并且还为他腾出足够的空间。我狠狠盯着她的高跟鞋，又狠狠盯着她垂在我胸前的单肩包。也就在那一刻，我反复告诉自己：把手伸进去，趁所有人不注意时，偷偷把手伸进去。她作为我失窃行李的见证者，并没有阻止或者提醒，她需要为此负责。我应该从她身上获得相应的补偿。可是，最后的事实证明，我是怯懦的。尽管这样的动机里面塞满了愤怒、不公以及痛恨，但它还不足够怂恿我的胆量。我总觉得在我准备抬手时，就已经将动机暴露无遗，所有人的眼睛都在狠盯着我。我缺乏某种训练有素的技能，缺乏作案经验。手机和钱仍在，我还没有被逼上绝路。

后面的时间，我一直在回忆那件行李中都装了些什么东西。它会不会对我接下来的生活造成重要的影响。可这种回忆却是那么让人忧伤：一些破旧的衣物、内裤、袜子、拖鞋、一条褪色的毛巾和半管牙膏。

我两手空空，像个赶路人一样来到岛上。然后，给不同的人打电话，告诉他们我换了新的工作、新的地方，行李被人偷走了，以后要生活在一个偏远的小岛上。我的那些朋友们，情绪立刻高涨：啊？你是说你要住在岛上吗？为什么？在一个破岛上能干什么，你是不是在广州混不下去了……我陷入一次又一次相同的质问当中。它像个漩涡一样让我不可遏止地下沉。但这样的盘问越来越多，逐渐就变了味道。我不断重复地解释也只是为了向他们证明，我来到这个偏远的小岛上是为了光明的前程，有一个可以预见的未来，也比机修工的身份要光彩。我同时急需他们对我失窃的遭遇抱以同情，为我愤愤不平。然而这些统统都没有，统统都不是他们所关心的事情。直到手机没电，一股突如其来的荒芜感瞬便即涌现出来——被人偷走的行李，修机子的工具箱，与我保持暧昧关系的女工，分别的前夜她从背后紧紧搂着我的场景，教我修机子的师父以及那间被许多人觊觎的单人宿舍……当这些片段从我脑子里纷纷闪过时才猛然意识到——我之前的生活已经死了。我闻到黑夜里扑出一种久违的潮湿的陌生气息。它不断弥散、翻滚，朝我袭来，将我团团困住。

二

不可否认，我告别了机修工的称呼，也就远离了广州城迷人的繁华。似乎是我在与命运抵抗的同时，它也在对我进行反抗。最后，我们都以为自己获得胜利。我花了很长时间来适应岛上的生活，而在更长的时间里我觉得这种努力是徒然的，总是与它格格不入，很难进入踏实的生活状态——当打开一种新的生活，你总会下意识与之前的生活做着各种比对——如果它不足够优越于之前的生活，那么你就会消减对它的热情并试图再次改变。这是我在南方漫长又动荡的生活中，频繁更换工作最原始的动机，也是导致我不断搬家的罪魁祸首。而在后来，它逐渐成为我应对生活的一种本能手段。

岛上的一切都与我想象中的样子脱节。它闭塞、偏远，丝毫感觉不到南方的现代气息，也没有传说中的那种浪漫景象。它只是一个村子，一个被浑浊江水环绕的村子。一个岛就是一整个村，让人看不见出路。在此之前,我从未见过岛的样子,但可以肯定的是它绝对不是我记忆中有关村子的样貌。它给我的反复感觉就像是一个中国男人和一个法国女人生出的孩子。集中了亚洲人和欧洲人最明显的特征,却又谁都不像,怪异极了。

我所住的房子是岛上为数不多的地标型建筑,庞大又空荡。其实它不是用来住人的地方——一栋两千平米的白色简易厂房——火柴盒式的结构。除了四周的墙壁是用砖和水泥砌成的,剩下的部分全是钢和铁。没有房梁,没有窗户,连瓦都没有,像个封闭的铁笼子,像监狱。电焊好的铁架子搭在屋顶,上面铺一层巨大的带有凹槽的铁皮,整个空间阴暗、压抑、闷热。我总是有一种很奇怪的想法,它会不会在某一天突然塌下来,将我活埋,就像我总认为这个岛会在某一天剧烈地下沉。在铁皮覆盖的屋顶上偶尔会发现一些小孔,不注意的时候阳光就从那里射进来,让人觉得心里倍感明亮和痛快。可是,在每一个下雨天,我又会为它们感到焦虑,总害怕屋顶会漏雨——那些小孔哪怕是只有少数几个也会让人心神不定。它们并不集中,分散在不同的位置,一旦漏水我将不知如何应付。然而,神奇的是我却从未见过它们漏水的样子。它明明是破了许多窟窿的,阳光也明明是从那些窟窿里照进来的。可是所有的雨水都像是会转弯一样将它们统统避开。在很长一段时间里,它像个精神事件一样让我感到困惑。最后,兴趣全失,不再管它。

这栋房子占据着岛上最有利的位置,在四周的民宅里绝对醒目、庞大、气派,别具特色。它在村子的入口,也是公路的尽头。所有进村的车子都必须在它门前停下。大概是因为闲置得太久,它像个老处男一样露出干瘪阴沉的脸,透着漫长的无奈和寂寞,有股发霉的味道。失修、缺乏保养和清理,铁皮卷闸门上写了几串办理各种假证和刻章的电话号码,贴了几张清理下水道的小广告,有些地方已经撞瘪了。后来岛上的村民告诉我,我们是这栋房子的第一任租客。它在竣工后的两年时间里一直空着。我想大概是有远见的人不会在这样一个偏僻的小岛上兴办工厂的缘故。即便它的租金足够低廉也不能吸引真正投资者的眼光。

房子对面是一个啤酒仓库的围墙,里面摆满了从各地回收上来的空酒瓶。它们不值钱,所以围墙就砌得既薄又矮,像一种摆设。可以透过它看到不远处几大块浓绿的菜地和成片香蕉林。左侧是一条小路,通往菜地、香蕉林、菜市场、集市和码头。一年四季的清晨,岛上的女人会从菜地里摘回各种蔬菜。她们路过公共厕所从这条路上再经过我住的厂房时,那些菜叶子上还滚动着一些晶莹可爱的露珠。而在傍晚,她们一定会腾出时间在菜地里打理自家的菜园子,弓着身子浇水,锄草,给黄瓜和豆角搭竹篱笆架子。从公共厕所的粪池子往塑料桶里装入那些黏稠的、混浊的粪便，再浇到菜地。那个粪池子只要瞥上一眼就让人想把一天吃的食物都吐出来，散发出强烈刺鼻的恶臭。有风的时候，那些恶臭就会飘到厂房里面，整个房子都弥漫一股臭味，整个岛上也是臭烘烘的。我所经历的这个时代，正在发生一场现代工业文明的革新，它炙热、响亮，像个庞大的机器一样高速运转。所有的变化都快速而又精准，所有的事物也都让人倍感新鲜和陌生。曾经与我生活紧密相关的那些熟知的事物，在这场革新之中已被彻底铲除。包括那些旧的生活习惯、旧的衣着风格、旧的饮食口味、旧的称谓、旧的品格和道德、旧的风俗礼仪，以及旧的两性和婚姻观念，它们全都不见了，全都变样走形了。我不曾想到会在广州的某个地方看到这种让人怀念的劳作方式，它古老而又传统的影子透着天然的绿色因子，纯朴、健康。它曾经与我是那么相近。

厂房里的电闸控制着两条自动化生产流水线。标准的现代化工业设计，电气阀门、微型马达、匀速传送带、自动注液泵以及电子显示屏。冰冷、僵硬又毫无生机。但每当它们运转起来又总是那么协调自如，配合紧密，快速旋转和巨大的轰鸣声让整个场景顿时就变得忙碌与紧张。在那个并不协调的小岛上，只要按下启动它的电闸，就一下子拉动了两个大词——农业和工业。它们一个在厂房里面，一个在大门外边，咫尺之间，却让人感到异常遥远。它们都以具体的形式存在并呈现出来，都贴近生活的实质，照映出两种不同人的境遇和状态。我经常会产生一种错觉——我生活在两个重叠的时空当中——落后的手工农业社会以及现代化的工业时代——两个极端。

岛上的民宅是我见过最混乱的建筑群。风格各异，几乎涵盖了从清朝中期开始不同年代的建筑样式，高矮新旧差别巨大。它们的年代许多远远长于人的寿命。行走其间可以略微地感受到不同时代所赋予建筑的特色和文化，以及建筑与生命的关联意义——一个坚硬，一个脆弱。它们的主人或者建造者倾注精力让它们矗立在这块土地之上，最后留下它们独自体验着由风霜演变的漫长孤独。我丝毫感受不到它们以及那些建造者曾经盛极一时的欢乐场景。这些都被阳光和雨水稀释得毫无踪迹。

所有的建筑没有任何规律，见缝插针，拥挤又凌乱。它们的朝向几乎都不一样。显然在盖房子时对朝向并不讲究，唯一考虑的是怎样将房子搭建起来。在这样一个四面环水的锥形小岛上，土地显得极其珍贵。除了那几块菜地和香蕉林能让人感到心胸开阔，整个村子都让人觉得拥挤和闭塞。那些弯曲的巷子，狭窄、阴暗又潮湿，众多地方只能一人穿行。长年不见阳光，但是雨水却总是很充沛。许多的墙壁上零碎地长出一块块新鲜的绿色青苔。毛茸茸的浅浅一层，用手摸上去冰滑又柔软。路面也大多不平整，隔一段就是用青石板和石头拼搭的台阶。它们被磨得干净、圆润，还泛着光。我总是喜欢在这样的台阶上坐一会儿，仿佛只有在这种狭窄的空间里才能感受到自身的饱满和厚实。

在那些风格不同的楼里，几乎所有阳台上都会种一些植物，生长在陶瓷花盆或者塑胶桶里面。这是我唯一能找到的所有房子的共同之处。而在这些所有的植物里面，我能辨认出的只有杜鹃和茉莉。杜鹃花开的时候，红得像新鲜的血一样浓烈。茉莉花开的季节，村子里就会飘着一股幽雅高贵的香味。刮南风的日子，便和菜地里那些粪臭交织在一起。

三

我们的厂房拥有两千平米的土地，与村子里所有民宅和巷子相比，它的空间显得无比奢华。整个房子没有一根立柱，没有隔间，就那么敞敞荡荡的一片。那些笨重的生产设备安装之前，在里面说话时声音会四处乱飞，像是长着一对年老的翅膀慢悠悠就飘向远处，撞上四周的墙壁又缓缓折回来形成很特别的回声。我经常会故意咳嗽几下，然后就听到不同方向都响起许多咳嗽的声音，很热闹也很有趣。而这种声音出现在夜里则会透着冷冷的悚人的气息。即便知道是自己发出来的，身上的汗毛和鸡皮疙瘩也会照样竖起。我是个在夜里极为胆小的人。

因为偏远，夜晚就异常安静。我睡在厂房最里端的角落。后来被改造成为仓库，我依然住在里面。睡在其中最主要的目的，是负责看守厂房和仓库里的货品。印象中这种看大门和仓库的事情应该是退休或者无所事事的老人做的，且需要绝对的信任。而我之所以需要肩负这份职责的原因归咎于我是这家公司正式聘请的第一位员工，我的哥哥还是公司合伙人之一。铁架子床是在我到来之前就已经买好的。崭新的涂着银色的油漆，上下双铺，铺了两层崭新的床板。我睡在下铺，上铺用于摆放私人物品和行李。其实这些东西在我赶来这个岛上的途中就丢失了，很长时间上面那层就一直空着。其实在最初的一个月里，整个厂房内也空无一物。这张铁架子床摆放在角落里显得不伦不类，一看见它就更加觉得空荡和冷清。

夜里躺在床上，喘息的声音就像是挂在屋顶，在深不见底的黑暗与安静中显得粗糙又响亮。我经常是在深夜睡得最恬静时被自己喘息的鼾声惊醒。然后立刻就会想起小时候在乡下老人们说过的那些鬼故事，蜷成一团，不能入睡也不敢动。

很长的日子里我都渴望身边有个人，就算只是一个刚刚出生的婴儿都会让我的胆量倍增，消除这种浸润着恐惧的夜晚。

整个村子里没有一盏路灯，一到夜里就露出乡村黑暗和安静的本质。每晚八点我会准时拉下卷闸门，把自己反锁在厂房里面。那时天已黑透，路上也鲜有行人。而厂房里控制照明的线路是我认为最糟糕的设计。吊在屋顶的十八盏金卤灯只有一个控制开关，装在正门边的墙壁上。按下开关十八盏大灯顿时全亮，把整个厂房照得比白天还要明亮、彻底。再按一下又顿时全灭，漆黑一片。既不节电也不便利。开关的位置与我的床铺相隔五十米的距离。每当夜里惊醒感到害怕时，我始终没有勇气穿过这五十米的黑暗把灯打开。

晚饭过后，我便控制饮水的量和频率以减少夜晚上厕所的次数。村里唯一的公共厕所在菜地的边上，没有灯也没有自来水，长年黑臭。夜里上厕所就是一件折磨人的事情，充满挑战。天色尚早的时候，我通常都是在附近找个没人的地方解决，大便也这样干。每次都害怕被人看见，心跳的感觉像是做贼。而在深夜，我从来不敢拉开那两扇卷闸门，碰都不敢碰。只要一碰，那巨大的刺耳的呼啦声像是要把整个人间都拖进地狱。外面也实在太黑暗了，那种黑暗因为陌生和安静让人怕到骨子里。我时常会在夜里联想这个厂房里面以前是不是死过人，它以前会不会是个坟场，地下会不会还埋着累累白骨。拉开门，外面是不是有个人就站在门口等着我，或者会不会有个黑影瞬间闪过，披散长长的头发和悬在空中轻飘飘的身子。想到这些我就死死憋着，直到腹胀难以忍受就尿在房子里的水泥地上。为了加快蒸发的速度而不留下痕迹，我通常都会一边走着一边尿，像个调皮的孩子。大便则在地上铺个塑料袋，包好，第二天乘人不备丢得远远的。

不可否认，在黑暗中完成这两件事情都是技术活。

很长的日子里，这样的夜晚逐渐成为我生活的表情，具有绝对的私密性并羞于启齿。我从内心深处抵触这样的夜晚而又无处逃遁。每当天边最后一点光亮在远处的江面上消失之后，夜幕压下来，我便无法自已地变得烦躁不安——啊，又一个黑夜来了。恐惧就像是黑夜的手，总是在天黑之后将我死死抓住。它让一个在光明之中自认为勇敢果断的男人，无数次看清自己内心的怯懦和最为污浊的一面。

我曾向作为公司股东之一的哥哥及另外一位股东正式提出，要在附近的民宅中租一间房子。而得到的答复却是惊人的一致：这么大的厂房还不够你睡？你现在的任务就是好好看住这间厂房。我不知道他们为何要用一个"看"字。这么空空荡荡的一栋大铁皮房子，除了角落里那张铁架子床和我廉价的生活用具之外，再无他物。它有什么可看守的？它可能还没有我那件失窃的行李诱人。

是的，我逐渐开始怀念起那件被人偷走的行李，怀念那段让我极度厌恶的机修工生活，怀念那些热闹又充满阳光的日子。它们让我感到无比熟悉、亲切与温暖，让我曾经的每一个夜晚都倍觉安稳。我逐渐觉得自己闯进了一个不合时宜的环境之中。所有熟悉的景物都在我眼前倾斜，所有陌生的事物都在朝我奔来。我正在经历并且接受这一切。我们所有的人也都在经历并且接受这一切。在那个有些变形的小岛之上，我们是如此相似，又是如此不同。

然而这一切都没人知道。他们正在关注自己，关注自己的粮食和水，关注即将到来的财富，关注那些指日可待的灿烂生活。在一个叫新洲的地方，他们所有人都看不出我的孤独，看不出我的一无所有，也看不出我与那个小岛有多么多么地格格不入。

2012年　上海

赞美与谎言没有距离

大巴车经过台城站的时候是下午四点多，售票员用尖锐的声音喊到台山的乘客下车。我从车底的行李箱里找到自己的行李，然后在出站口四处张望。我掏出手机给对方打电话，响了三下之后，迎面有两个陌生的年轻女孩走到跟前询问我的名字。我被这突如其来的变故弄得一时语塞，不知如何应对。可以肯定的是她们是找我的。但哥哥跟我说他的朋友明明是个男的，会亲自到车站接我。怎么会有两个女孩找我呢？我一下子变得紧张和不安，向后退了一步并紧紧握住手机。在广州短暂的生活让我有了一种极强的防范意识，脑子里马上在想接下来该怎么办。

肯定是你。你正在打这个电话吧？其中一个女孩把手机举到我的前面。我自始至终没说一句话，不知道说些什么，也不敢开口，怕一开口就被她们掌握到更多的信息。她们一定是从我的表情上看出了这种极强的防范心理，随即便开始解释她们是梁的同事。梁今天在上班请不了假就把手机给了她们，让她们替自己来接我。我绷紧的神经慢慢缓和下来，脸上露出放松的表情和笑容。然后跟她们交谈，相互认识。

她们轮流帮我拿行李，从车站一路走到宿舍。沿途经过四个公交车站和一条河。穿过桥底再走过一块荒地到河的对岸，顺着河边一直向前。阳光从很高的地方照下来，洒在茂密的榕叶上，洒在光秃秃的路灯架子和水泥路上。我被饥渴和闷热严密地包裹着，汗水从头发林里滚落下来，贴着脸颊滴在衣服上，或者地上，很快就不见了。我无心打量这个陌生的城市、周遭的景物、来往的行人。以至直到现在，我对台山的印象依然是闷热、疲惫。我一直在想她们为什么要用步行这种古老的方式，而不直接坐公交车。在这样一个南方闷热的季节里，走路无疑是一种迫不得已的选择。我得出的结论是：一，她们是在考验我，考验我的耐力和吃苦的精神。二，她们住的宿舍没有公交车经过。她们的身份同样充满悬疑，只说是梁的同事，却不说自己是什么职位，在什么岗位工作。我几次试图询问，她们便很自然地把话题转到别的事情上。初次相见，我还是一个在广州混不下去没有本事的人，就没敢深问。脑子里突然萌生一种古怪离奇的想法：这是不是一场面试，她们会不会就是人事部派来对我面试的？啊！这是多么聪明，多么新奇，又多么让人感到可怕的怪招。我在广州经历过许多让人哭笑不得的面试方式——唱国歌、背英文字母表、默写圆周率、说出中国各个省的省会、用微积分推导向心加速度、指出父母的缺点、扮演两个情敌的相遇、向瞎子推销近视眼镜、当场做五十个俯卧撑……一次一次像疯子与小丑。如果这次真是一场面试，毫无疑问是经过了精心的设计、合理的安排。它绝对是了解和查看一个人最直接、最有效的方法。

接下来的对话我就变得更加谦虚谨慎，处处为自己留下退路。把行李都拿回自己手上，婉言谢绝她们的好意帮助并且礼貌有加。她们一个叫刘爱河，让我喊他小刘，和梁小兵是同学。另一个说自己叫阿英，都是四川人。和我的关系就像是老熟人，完全没有初次见面的那种陌生尴尬，很自然地喊我小周，递纸巾给我擦汗。小刘一路都在跟我说话并主动寻找话题，她显然是我们三人这一路的主角。从学校聊到社会，从读书聊到工作，从四川聊到广东，再到饮食的习惯和口味。这样的交谈，再次加深了我对那家公司的印象。两个年轻的女孩，竟然如此落落大方，有如此的口表，那里一定是个藏龙卧虎、重视人才培养的地方。我的心情亮丽极了，殷切地询问一些关于她们公司的情况。她们大吃一惊，停下来看着我：小梁没跟你说吗？然后那个叫阿英的女孩便开始大口夸赞。你听过华菱空调吗？我们就在华菱空调上班。我们公司占地大概有一千多亩吧，大部分空调都销往国外。广东最大的空调生产商之一，台山市最大的公司之一，经常有中央的领导到她们公司参观，还会每年组织一次员工旅游，过年为员工购买回家的火车票。她在夸赞之后又压低声调说也有不好的地方，太看重学历，人太多太杂，什么地方的人都有，而且每天都加班，很累。告诉我前面不远就能望到她们公司，到时可以自己看看。

在她粗略的介绍里，我唯一听得最清楚、最有力量的就是那句太看重学历，心里暗自庆幸终于可以摆脱广州的阴霾，一展抱负。仿佛光明的前程就摆在眼前，等待我随时摘取。一路说话不多，小刘便夸我沉稳有素质，说有才的人一向寡言。她感觉我今后是个干大事的人，暂时的不如意只是一个小插曲。阿英中专毕业，羡慕我的高学历，声称自己最佩服和敬重有知识的人，并说自己正在自学专科学历，然后还要自学本科、研究生。站在心理学的角度，阿英的想法合乎逻辑。一个人越是缺乏什么，便越是羡慕，越是羡慕，便越是想得到。她们一唱一和把我的优越感和那份可怜的虚荣心烘托到了极致。我太需要这些了，广州的遭遇让我不断地被冷落、质疑、忽视直至被遗弃。她们毫不掩饰的褒奖让我变得踏实，感到自己有种高高在上的厚实感。在心里认定她们是知音，是至交。我越是谦虚，她们的赞美就越发慷慨。小刘说一看就能发现我长着一张精明能干的脸，戴副眼镜斯斯文文的，要么不说话，一张嘴肯定是一鸣惊人。阿英说听闻我英语过了六级，说起英语肯定就跟她们说四川话似的，跟外国人交流必定没有一点障碍。而她连一句完整的句子都说不出来，让我有机会教她。我默默地听着，偷偷享受这样美美的一个过程，嘴上却说自己很平庸没什么本事，连广州都混不下去。最后总结出一个规律，她们的赞美分别是针对不同的问题，从不同的角度切入，两个人绝不会重复在一个点上。一个托着我的左手，另一个则托着我的右手，把我不断地向上推。我隐隐感到身体里逐渐有一种东西在膨胀。

　　拐弯的时候，我确实望到了那家公司的样子。远远的，好大的一片白色厂房一排一排簇拥在一起。在阳光下闪闪发亮，相当地有气势，相当壮观。它的规模堪比内地一些小的县城。楼顶上竖着四个巨大的红字"华菱空调"，因为距离，我看到那几个字的时候，它们就像是悬在半空。我本想趁机跟她们再问一些关于这家公司的情况，可是面对那一派盛大的场面，那些浩浩荡荡的厂房，我还能问些什么呢？它一下子让我联想到两个庞大的词——工业与发达。想象着在接下来的日子在那样的厂房里工作，我亢奋起来。早上上班，傍晚下班，每月能轻松拿到一千多的工资，多则两千以上，还有发展空间和机会……绝对满足，绝对骄傲。坚信离开广州到台山是最明智、正确的选择。如果没有与哥哥的那场交谈，如果我没有过来，那该有多么遗憾。

我跟那个叫阿英的女孩子说这是我见过最大的公司，没有之一。她朝我诡异地笑了一下告诉我她也一样。小刘看着阿英，便赶紧附和说她第一次看到的时候也很是吃惊，比她老家十个村子都大，被吓了一跳。但是时间久了就习惯了，不以为奇。伸出手指告诉我她在正中间，从前往后数的第七排厂房里上班，哥哥的朋友梁小兵在第九排。每栋厂房都有一个仓库，我具体会分在哪个仓库上班还不知道。其实这对我并不重要。对于一个长时间经历找工作的艰难和折磨的人来说，一心只想尽快上班。而且在这样一个庞大的公司里面，分在哪栋厂房、哪个仓库又有什么关系呢？后来的事实告诉我，当我全情投入，把所有的注意力以及精力全部集中在一个单独的问题上时，我就陷进去了。丧失客观分析和判断事情的能力，危险随之而来。我顺着小刘的描述伸手去数她说的中间第七排和第九排厂房。阿英说别数了，那么大一片你哪数得过来，再数天都黑了。然后领着我继续朝前走。

这样的步行持续了快五十分钟，两边的细叶榕浓绿而茂密，在它的遮蔽下大家的速度都放缓了。太阳依旧高高在上，风吹过的时候就带来冬天炭火的温度，而不是凉爽。我再次感到一种猛烈的饥渴和闷热，却又不敢说出来。我还不知道她们的真实身份。甚至觉得她们这一路的交谈都是在试探我，里面暗藏杀机。我有一种不祥的预感，但是这种不祥的源头却怎么也说不出来，反正就是有一种大难将至的感觉。它也可能仅仅是出于对一种陌生环境、陌生人的潜意识防范。上衣已经湿透了，贴在背上黏糊糊的。我感觉自己的内裤和袜子也湿了，让人极不舒服。阿英的白色紧身长恤衫也湿了，呈现一种半透明的状态，我隐约看见她绣着花边的黑色胸罩。长时间的行走加上阳光的照晒，她的脸蛋绯红，像熟透了的桃子。小刘在前面带路，我在抬头扶眼镜的时候，猛然看到她淡蓝色牛仔裤的两腿之间阴黑一片，漫延至屁股后面，呈现出地图的形状。我立马想到了一种生腥的东西，她是不是……我惊讶得心里咯噔了一下，却又不敢告诉她，也不敢告诉阿英，更不能长时间盯着她看。惊讶之后便感到愧疚和自责，甚至罪恶。她竟然在这样的日子里，为了接我来回奔走数小时。我深深地把对小刘的提醒寄托在阿英身上。可那个叫阿英的小妮子啊，不知道是疲惫、炎热，还是真的只顾对我一心羡慕，总之，她让我很失望。

我们进入一个不大的老式小区。一律质朴的青砖建筑，四层小楼。阿英在一栋楼下面开始掏钥匙,示意我放轻脚步不要说话。领我到三楼的时候轻轻敲了三下门,然后咳嗽一声门就开了。我感觉像是做贼,又觉得她像个女特务。心里默想他们是不是为了欢迎我,设计了一个小小的仪式?开门的是个男的,满脸热情迎我进屋。那确实是一个隆重又别致的欢迎仪式,踏进门一股浓烈复杂的气味,脚臭味、汗味、馊味、烟味,还有一股酸涩的咸菜味,它们就像是庆典上喷射的香槟,直逼而来。墙角摆满各种男女鞋子,从门背后一直抵到对面的墙根,足足三排,门无法全部自由敞开。房子里门窗紧闭,光线暗淡。客厅里除了一张折叠桌子,几只矮塑料方凳,再无其他。阿英介绍那个男的是张经理,也是四川人。他西装笔挺,绅士一般主动与我握手,欢迎我的到来。说最近一直听小梁提起我是个大学生,有才,一见面果然文质彬彬,相貌不凡之类。听起来虚假至极却又不好驳回。他继续接着说我辛苦了,小梁他们还没下班,一会就会回来,让我先休息下。我看到他穿着西装,气场强大,便觉得更加闷热。经理在夏天也要穿着西装?

小刘吩咐阿英带我把行李放到房间。一推开门,依旧是那些气味。房间虽然没有鞋子,但是地上铺满了凉席。每张凉席上放着两个枕头,小镜子、小梳子藏在枕头下面露出一点点边角。偶尔会看到摩丝和洗面奶。我被那个场面惊住了,不知道该把行李放在哪里，左右不是，根本就没有多余的地方。我问阿英这房子里住了多少人，她说不多，三间房一共就十五个人。最后我把两个包都丢在墙边一堆的行李上面，它像座小山包。

　　从房间里出来，小刘递给我一杯水，我一饮而尽看到她的裤子换掉了。然后去洗手间准备小便和洗脸。那场面再次把我吓到了。穿过厨房的时候，我看到地上躺着两蛇皮袋的土豆，十多条巨大的长型南瓜和冬瓜，一大塑料桶腌制的辣椒并且没有盖子。大蒜在地上发芽，有些已经长出了很深的绿色蒜苗，洗菜池边成排成排刷牙的杯子和牙刷。而洗手间里的两面墙上甚为壮观，铺满了各种颜色的毛巾，花花绿绿的很是绚烂。有些满脸陈旧，有些已经泛白，白里还透着污迹。洗脸盆垒到齐腰的位置，整整两摞，红的、黄的、蓝的、粉的都有。所有的东西给人的感觉就是三个字：多、脏、旧。门是铝合金镶玻璃的，下半部分是铝合金，上半部分的玻璃用报纸贴满，窗户玻璃上也贴满了。那里不仅贴了报纸，窗台上还摆了整整齐齐几堆裁剪得同烟盒大小的报纸，当时不知道是用来干吗的，后来上厕所时才知道它们的用途有多么强大，那绝对是要经过无数次的身经百战使起来才能得心应手。我感觉自己进了万人坑，这哪像是只住了十五个人的家当。原本是打算上洗手间，一下子尿意全无，在心里开始喊祖宗菩萨和老娘。我将要住在这样一个地

172　　赞美与谎言没有距离

方,想想身上就像长满了虱子。

从洗手间里出来,他们三人正在小声说话,我隐约能听懂那个经理用四川话说:想办法稳到。见我出来就停了,然后继续客气地跟我聊天。阿英拿着茶杯进厨房,拧开水龙头接了杯水就咕咚咕咚喝起来。我突然想起自己刚才喝的那杯水,还有那个白色杯子,它通体发黑,只有杯口一块椭圆的唇印是白色的。我有种想呕的感觉。

所有的人都陆陆续续地下班回来了,阿莲、小倩、李沫、春霞、姗姗、东明、华亮、阿三、阿四、阿五、阿六七八九……这些人像涨潮的海水一样慢慢涌回来,一个个陌生的名字,一张张陌生的脸,我需要花上足够的时间才能记得住。所有人都超乎想象地热情。不知出于什么心理,他们越热情越让我感到不安。我见到了小梁,一个清秀帅气的小伙子。他一进门就激动地喊我的名字并一眼认出我。因商量好了,我叫他兵哥(实际我比他大一岁),还装作很熟悉,很亲热的样子,那种久未相见的亲人突然相遇的亲热,把之前设计好的台词全都说一遍。诸如我爸妈说很久没见到他呀,现在找到这么好的工作也不给他们打个电话呀,我也很久没见姑父和姑母(他的爸妈),他们现在怎么样啊。我的演技发挥得淋漓尽致,情节跟拍电影一样。以至于后来许多日子,当我想起那一幕场景不由得惊叹自己的演艺技巧，不亚于那些被冠以"影帝"头衔的演员。而其实在那个下午以及后来在台山的一整段时间，我心里的另一个部分真的把他当成了亲人。

小刘提出让我给家里打电话报个平安。我还没来得及掏出手机，小梁就拿起角落里的电话拨哥哥的号码。阿英也站在旁边。他跟哥哥说我已经到了，一切都好，准备让我先休息一天再带我去公司面试办手续。电话交给我的时候，我用家乡话跟哥哥说这一路的情况，几点到的，谁接的我以及他们对我的热情。然后笑着告诉他在这所房子里看到的那些惊人的场景。他听完我关于那些惊人的描述在电话那头冷冷地说：怎么听起来像是搞传销的？随着他冷冷的一句，对话立刻变得冰凉。脑子里瞬即闪出他曾经跟我讲述自己是如何从哈尔滨被骗到广州搞传销的经历。其描述的遭遇跟我下午颇为类似，所生活的环境与我看到的场景幕幕雷同。我相信就在那一瞬间，我们脑子里出现的是同一个画面，在想着同一个问题。顿时都惊醒了——这件好事来得太容易、太顺利，经不起推敲——联想到它的来龙去脉，然后这一路、这所房子、这些人的言谈举止和热情，它们全都不符合正常逻辑。我感到深陷狼窝，眼前一片漆黑，心脏像是要从嘴巴里跳出来。

他在电话那头也开始紧张，急速地嘱咐我不要着急，慢慢观察几天，一旦形势不对立马给他打电话，他会带人来接我。并强调即使真的是传销，也要装作不知道，千万别说出来更别得罪任何一人，转而又安慰说：小兵那么老实，应该不会做传销。再说他跟我关系那么好，不会的，应该不会的。其实我们都非常清楚，这种安慰无异于是在祷告。就像是人在经历不顺或者灾难时，总是把美好寄予英明的主和慈悲的佛。而我们正把这些寄予他的朋友——那个叫梁小兵的四川人。

小梁带我出去透气用意是让我熟悉周边的环境。小刘、阿英便跟着一起。下楼依旧是轻手轻脚，连关门的动作都温柔至极。在小区里没有目的地闲逛，小梁看见一条路、一栋房子都跟我介绍。因为刚才那个电话，我完全听不进他说些什么，也无心把注意力放到周围的景物上。脑子里一堆乱透了的想法。阿英问我的手机里有没有游戏，我把手机给她后又被小刘制止。她一脸不情愿用四川话细细地说：好小气哟，又不玩，就是看一下嘛。

我跟小梁提议明天不休息，想尽快去公司办入职手续上班。小梁以各种不痛不痒的理由推搪，我逐一驳回。小刘说办手续需要听人事部的统一安排，不能谁想什么时间办就什么时间办，每天有那么多员工办离职入职手续，要都由着自己这么大一家公司岂不乱套了，让我先等着。反正她说得很有道理也无法反驳，但我依然有不

在南方醒来

相信的成分。我开始怀疑他们之间的每一个人，怀疑他们说的每一句话。虽然表面上听起来全都合乎情理，仔细推敲就发现逻辑混乱。小刘在后面差不多三米的位置跟着，阿英则像是踩在脚上的口香糖一样，紧紧黏着我。我偷偷把手机塞给她，趁她投入时便私下告诉小梁看到他们公司的样子，那么多的厂房真是气派非凡。问他和小刘在哪栋厂房里上班。他给我的结果与小刘在路上的说法完全不一致。就在那一秒的时间里，我有一个铁定的想法——我被骗了！而到底被骗来从事什么却并不知道。是传销吗？对于传销我从太多人那里听过关于它的运作模式和残酷程度——洗脑、骗钱、虐待甚至殴打。但如果是别的更为严重的……我开始感到惊悚，与那些更为严重的猜测相比，我内心的天平本能地倾向传销。这是一种最无力的乞求，在遭遇更大不幸时的无奈选择。

在一个粤式的小餐馆门前，我极力邀请他们一同吃饭。感谢小梁为我牵线搭桥找工作，感谢小刘和阿英下午冒着烈日到车站接我。实际上只是企图和他们拉近距离，让自己有个更好的下场，算是巴结或者讨好。小刘说宿舍已经有人在做饭，下馆子太浪费，一盘干炒牛河就要四块钱，跟抢似的，牛肉没几片还舍不得放油，干巴巴的。而我很明显地看到她望着餐馆玻璃墙后挂着的烧鹅咽了一口口水。阿英在一旁眼巴巴地看着她，然后又看看我。

晚饭的时候有十四个人，挤在客厅里满满的，一部分蹲着，一部分站着。我第一天到来，因此享受了一个贵宾的礼遇，坐在小凳子上。米饭有点发黄，六个菜一盆汤——辣椒焖土豆块，辣椒炒土豆丝，焖南瓜，辣椒炒南瓜片，土豆炒南瓜，辣椒炒冬瓜，水煮冬瓜汤。那位张经理强调，为了欢迎我的到来，不知我是否吃辣，晚上特意加了两个不辣的菜。他们平日只吃四菜一汤。我数学一直不好，四菜一汤，十四个人，该怎么吃、怎么分始终都没想明白。后来的日子我发现，只有吃得最快的那一个才是最幸运的。张经理在吃饭时宣布一条规定，因我不是四川人，今后大家一律说普通话。并叮嘱我也不能说家乡话，最好和家里打电话也说普通话。阿英在一边埋怨冬瓜一炒熟就变少，不够吃也不划算，建议吃完地上的那些以后别再买了。她的建议得到了所有人的赞成。

夜晚聊天时十几个人满口满口小周，同样是不痛不痒的话题。显然我对这种聊天没有投入太多的热情，在小梁洗澡时我借故下楼散步给哥哥打电话，阿英牢牢跟着。我不停问她工作的细节，她左右不能自圆其说。最后说了一句：哎呀，你培训完不就知道了嘛。然后继续她的赞美和表示对我的羡慕。

我和小梁要求睡在房间靠门的位置，半夜偷摸起来打电话，感觉像是在一片尸横遍野的战场。房间里，客厅里，所有能睡的地方全都躺满了人，连厨房的过道上也躺了一个。我再一次被那壮观的景象吓到了，使劲掐一下大腿，疼痛猛烈。我不是在做梦，眼前一切都是逼真的现实。这怎么能是十五个人？左右避开进洗手间，正在拨号码那一刻，除了屏幕还亮着，它已经失去了一部手机所有的功能。我的手机坏了，这唯一的希望，唯一与人求助的方法就在那天夜里像是冥冥中约定好了一般——彻底坏了。躺回房间的地上，我想着这件事情的来龙去脉，想着与哥哥在小馆子的谈话，想着小刘和阿英一个下午的交谈，小梁说法的不一，身边这一帮人莫名的热情，他们的赞美全都被谎言紧紧地包裹，一个一个谎言，紧紧的，没有一点距离。在欲睡不能睡时，我想到了阳光、远方的亲人、拜伦的诗歌、梵高笔下的麦田。最后，我想到一个词——那个词令我战栗，会让我从此消失。

2010 年　广州

在南方醒来

当一个人为自己营造了某个浮华又虚幻的美梦，并乐此不疲，沉醉其中。你唯一能做的就是——等他醒来。

——题记

清晨的阳光从窗户上照进房间时，所有的事物就都醒了。堆在角落里那些鲜红的辣椒酱，正冒着碎泡。它们用矿泉水瓶装着，整整十六瓶，像十六瓶新鲜的血。窗外，榕树上的细根在风中轻轻摆动。楼下汽车驶过后，低沉的呼啸声和刺耳的喇叭声慢慢变得旷远和寂寞。不知道谁家的孩子一直哇哇大哭，那声音让人担心他要把嗓子撕裂。夜里躺在地上睡觉的人全不见了，客厅里的人也走了，整个房子显得大了许多，塞满各种声音。

这是我到达台山的第二天。我的朋友在电话里说,为我在台山找到一份收入还算不错的工作。从温和的阳光中醒来后,那些陌生的场景生动得像是一幅画。那个清晨的每一处细节,都弥漫出生活的烟火气息。我庆幸自己已经告别了漫长又让人苦恼的求职生活,告别了那些既卑微又不得不委曲求全的面试过程。更重要的是摆脱了可能会流落街头的遭遇。它让人充满希望和斗志,亢奋得想大声唱起国歌。同时,它也像是一个繁华的梦一样让人感到不踏实。

我在地板上稍微坐了一会儿,看着四面墙壁下堆满的衣服和行李。它们像座城墙一样厚实,又像长满杂草的小山丘一样凌乱不堪。散发出让人不舒服的汗腥味。我起身,把自己的衣服与它们隔开一段距离,然后走出房间。那位被大家叫作张经理的年轻人,正拿一双脏袜子蹲在门后擦皮鞋。他西装笔挺,头发梳得鲜亮,喷了气味刺鼻的摩丝。头发一小绺小绺黏在一起,像许多根小棍子铺在头顶上,很久没洗的样子。

他在看见我后,立马就放下手里的脏袜子跟我握手。相当绅士并且激动地向我问好。他说我刚到不久,有必要跟我交代一些事情,也好让我尽快融入新生活之中。在他带着浓重四川口音的普通话里,我只记住今后我们都是一家人。我们"家"的名字叫"盆地",清一色四川人,他是这个家里的"家长"。还有诸如因为住的人较多,下楼梯时脚步不能太重,不能单独或者集体出门,每次出去要有三到四人同行。不能大声喧哗,不能损坏房间财产,有客人在的时候不能在屋子里抽烟……在他交代完这些规则后,我觉得跟他们生活在一起有种强烈的仪式感。他说去车站接我的姑娘叫阿英,以后负责对我进行考核。朋友小刘是我的成长导师。我只有通过阿英和小刘的同意后,才能去他们介绍的那家空调公司面试仓库管理员的工作。我始终搞不清楚他们到底要干吗,又不敢表露出自己的怀疑,就提出想先去公司看看,熟悉一下环境。他立刻变成一位成功长者的口气:你还是太心急了,这样对你以后的工作不好。长城岂是一天建成的?相当严肃地要求我一步一步慢慢来,他们也都是这么过来的。我说是,罗马不是一天建成的。他看着我,觉察到有些不对,愣了一下说:都一样,长城比罗马要古老。

他说的这个"家",其实就是租来的那套三室一厅的房子,八十多平方米。没有家具,没有电器,没有床。一到夜晚,这个家里就人丁兴旺,鼾声四起。三个房间和客厅的地板上,包括厨房的过道上全都躺满了人。场面甚是壮观。而每天一早,这些人就准时消失。许多天后,我才知道他们在白天并不是去上班,而是去别的"家"里串门,或者到外面的草地上呆坐。只有到了吃饭和睡觉时才能回到这套房子里。姓张的经理交代完毕,便将一张折成三角形的卫生纸插进西装上面的口袋，露出半截。然后很正式地告诉我，我们"家"上午会举办一场培训，让我要特别珍惜这个难得的机会，刚来就能够赶上这样的培训是极其幸运的事情。可以跟各位同仁先熟悉一下，增强别人对我的好感。特别是跟进来的每一个人都要打招呼、握手。最后他很得意地说：我是这次培训的高级讲师。

他的话说完没过多久，听课的人果真四个一组，逐渐来到那间房子里，共十六人。年纪最大的头发已经花白，最小的看上去像个孩子。一律坐在南面房间的地上，门窗紧闭，正面墙上挂一块可以移动的小黑板。我是唯一的新人。张经理一开始就对我隆重介绍并大肆夸赞，响亮地告诉所有人我大学毕业，有学历，有知识，现在决定加入他们这个朝阳产业，这个温暖的大家庭。他讲的课程是"人际关系学"和"欧美营销学"。他说所谓的"人际关系学"就是在这个社会上人与人之间存在的关系，比如父与子、兄与弟、姐与妹、朋友、同学、同事、老乡……在他这样笼统地阐述过后，所有人的眼睛随着他的手指落在我身上。他指着我，借助我的出现来进行更深入的讲解。他的比方是这样的：我跟大家是陌生的，而他跟大家每一个人都认识，我认识他，这样我跟屋子里所有人就都有一层关系。当我遇到困难需要帮助时，只需找到他，他便可以找到在场的十六个人，也就意味着我会得到十六个人的帮助。虽然这十六个人与我素不相识，但是我一样可以调动他们。这就是"人际关系学"。他的这种说法听起来像绕口令，但从某种角度来说，它是贴切的，有种逻辑学和哲学的交叉关系。在现实中也确实存在这种事件，并没有太大的漏洞。

他接着讲"欧美营销学"。他认为欧美的营销学，实则是直销。直销就是不参与制造，不用实体经营，没有固定的销售场所，省去中间所有的经营制造成本。是一种完全靠"人际关系学"主导的销售方式。以庞大的人际关系网，一传十，十传百，百传千……认识的，不认识的统统都是一家人。欧美国家为什么那么团结，那么发达？因为他们是靠直销的方式，而中国之所以落后是因为采用实体销售的模式，成本太高，利润太少，市场打不开。但是政府为了不造成大面积的人员失业，让那些经济学家和翻译家都把直销翻译成营销。全世界只有落后的国家才选择营销模式，而营销模式只会让这些落后国家变得更加落后，更加受人欺负。随后，他突然就激情高昂：

"我们再也不是活在以前封闭的年代，我们有自己的追求和梦想。"

"我们不能再受政治家和一些野心家的蒙蔽，要用自己的眼睛认识这个世界，用行动融入世界。"

"我们每一个人都有追求财富的权力,都要及时抓住机会。机会,机会,机会。"

"二十一世纪什么最贵?房子?车子?黄金?钻石?错!是梦想!是有梦想的人!我们不但有梦想,还正在实现梦想。敢拼敢闯这个世纪就是属于我们的。我们就会主宰自己的命运,主宰自己的前途,得到想要的一切!"

他把整个气氛渲染得火热之后,在黑板上画了一个标准的三角形,称为金字塔结构。它分为不同的级别,从下到上一共九级。他说每人只需要发展三个人,让这三个人成为你的下线就会改变自己的命运。而这三个下线,每人只用交三千八百元的"机会金",购买一个机会,就会取得做直销的资格。同时还会收到两罐营养品和一套西装。你的三个下线都交钱购买机会后,你就拥有最下面的第一个级别,这时候你就有独自发展下线的资格。这个资格是多么重要啊。它几乎可以认为是开启财富大门的钥匙。获得了这个资格,从此这三个人发展的所有下线都是你的。三个发展三个,三个再三个,以此类推滚雪球一样把你送至最高的级别,而你什么都不需要做。当你的下线达到一百人时,便可以每月从这一百人的"机会金"里提取每人一百元的分红,相当于不用工作每月工资一万。而当到达两百人时,便可以月入两万。人数增加至三百,从每个下线身上提取的分红就增加至两百元，那样就月入六万。发展至四百人便可轻松月入八万。

说到五百人时他就狠狠丢掉手中的粉笔，显得无比激动：月入八万算什么，它算个屁，算个逑。到达五百人，你的分红会变成每人三百，每月工资十五万。十五万，你们知道吗。这是什么概念，这意味着你每月都可以买一辆豪华轿车，每月都可以出国旅游。你甚至在买东西时都不用看价格。这还远远不够，除了这十五万，你还可以享受财富继承制。在你死后，每月的分红将会自动转到你孩子名下。如果没有子女将会转至你直系亲属名下。然后，他拿出一沓厚厚的东西举在手里，告诉所有人那是"分红基金继承合同"。宣称只要交了三千八百的"机会金"，每人都要签署，一旦签署即刻生效。

当培训进行到这里时，整个屋子里的气氛已经完全压制不住。所有人的表情都极为认真，极为安静，也都极为专注。每一个人都睁大眼睛，盯着他手里那份继承合同。他们的眼神里面透着不可思议、疑虑和唾手可得的财富。那些眼睛里有一种光。它让我确信在场的每一个人都听懂了。我也确信这位张经理的讲课是成功的。他能准确捕捉到这十六个人眼神里传递出来的信息，并随即转换至下一个话题——给他们灌输足够的勇气和信心。

五百人难不难？我知道，你们肯定会说很难。但是我告诉你，说难的人是没出息的人。他不配在我们这样一个朝阳产业，不配跟我们在一起，我们要把他撵走。你们的亲戚朋友，同事同学老乡，随便发展几个总可以吧。然后，他们再发展，这样的速度两年之内到不了五百，我从这楼上跳下去，死给你看。最后他讲到自己的经历，说自己曾经在东莞一家塑料厂打工。每天累死累活一天工作十几个小时，闻着塑料加工时发出的毒气，那气味像是腐烂的尸体，月入还不到两千块钱。成天都要巴结主管，说话也不敢大声。现在做直销，不到三个月就已经发展了一百二十个下线，月底便有一万块钱进入自己的银行账户。下月更会突破两百人。他说到这里，脸上显露出无比的骄傲和满足。他强调在场的十七个人跟他没有任何关系，但都是他的下线。他的上线是自己的堂姐，已经发展至两百多人。这时我突然想起他之前讲过的"人际关系学"。

当所有人同时哇的一声，向他投向羡慕和崇拜的眼神时，他便冷静而又坚定地告诉大家：我的今天就是你们的明天。

他在讲课的过程中，向所有人分析了一个看似无懈可击的观念。他宣称，欧美国家看病不要钱，孩子上学不要钱，轻轻松松人均月收入就能过万。即便是失业，每月也能领到可观的政府救济金。就是因为那些国家采用的是这种直销的方式。他们把落后的制造业——这个沉重的包袱统统扔给中国。他们害怕中国崛起,就故意拖垮这个本就不发达的国家。然后利用我们制造的商品,做他们的直销。中国被全世界称为"世界工厂",制造了全世界三分之二的产品。但这仅仅就好比一头牛与主人的关系——中国是牛,欧美是主人——一头牛它永远只能默默耕地劳作,而它的主人则享受所有的收获和利益。最著名的安利和雅芳公司,就是直销最成功的经营方式。为什么中国政府一直以来,要对这两家公司的直销方式进行干预,要对我们的直销进行封杀?因为国务院知道这种朝阳产业对我们国家的侵害。一旦它导致大面积的人员失业,就会影响国家的稳定,造成社会动荡。所以,我们要自己发展直销,在民间偷偷发展,用我们民间的力量来推动它的合法化。而现在机会摆在我们眼前,只需三千八百块钱,我们就可以成为自己的主人,改变自己的命运,更可能获得一个月入超过六位数的机会。

"我们正在干一件大事,一件惊天动地的大事,它可能会影响中国的未来和造福子孙后代,你们说值不值?"

紧接着便是各大经理的介绍。他们像是突然从地下冒出来一般,一个接一个推门而入,自信满满。某经理,原在惠州电子厂打工,进入这个"产业"三月,现有下线八十人,暂无收入;某经理,原在东莞模具厂做生产主管,工资三千,加入半年,下线一百三十人，月入一万；某经理，原在老家经营养鸡场，八个月下线两百一十人，月入两万；某经理，原某县旅游局副局长，一年半，下线三百，月入六万……一个个西装笔挺，满脸阳光的经理站在大家面前。简短有力的介绍，赢得一阵一阵热烈的掌声和众人的惊叹声。惊叹过后就是羡慕，羡慕过后就是期待。

最后出场的是一名姓华的总经理，四十左右的年纪，平头，个子不高，但气场十足。腆着微微发福的肚腩，戴副夸张的墨镜，喉结的位置长着一颗指头大的黑痣，右脸上有条和蜈蚣一样的长疤。他意气风发地进入房间，掀起整个上午的高潮。所有经理对他毕恭毕敬，显然是一位大人物。他的身份赋予了他的介绍传奇的色彩。他说自己曾经是一个科学研究所的研究员，后来下海，睡过桥洞，收过废品，当过搬运工和生产流水线的拉长。也经营过一家小型食品加工厂。随后被高中同学"骗"来做"直销"。开始他对那个骗他入行的同学恨之入骨，认为同学骗了他，是在害他。而现在，他却把那位高中同学当作最大的恩人。

他大声告诉所有人——

"我只用了短短五年的时间，现在资产几千万，在多个不同的城市都有自己的直销团队，总人数超过八千。"

"钱对于我来说只是一个数字。"

"现在我唯一想做的就是让兄弟们都和我一样,大家一起赚钱,一起发财。"

没错,他说的就是"兄弟们"。这种毫不见外的称呼,瞬间就消除了隔阂,拉近了和大家之间的距离,还隐隐透着肝胆相照,有福同享的深厚情谊。然后伸出左手,告诉我们他的手表值多少钱,伸出脚告诉我们他的皮鞋值多少钱,又摘下那副夸张的墨镜,告诉大家是什么牌子,值多少钱。指着窗户说他的进口轿车价值两百万,就停在楼下,让大家从窗户里看看。

楼下确实停着一辆黑色的豪华奔驰轿车,车顶在阳光下反射出刺眼的白光。所有人都拥在窗户上探头向下张望,嘴里不断发出崇拜和艳羡的声音。他坦言这一切都是"直销"带给他的。如果不做"直销",他可能还在经营那家不生不死的小型食品加工厂,或者工厂倒闭继续为别人打工。他用自己的切身体验告诫大家不要怨恨自己被骗了——你之所以被骗说明你有被骗的价值,有发达的命。

最后,在他离开房间时,所有人又继续挤到窗前。看他是怎么坐进那辆奔驰汽车,又是怎么把它开走的。就在他夸张地拉开车门,坐进车里之后,房间里突然有人小声地说了句:妈的,这是我第一次亲眼看见奔驰。

不可否认,他们的演说慷慨又澎湃,有迷人的煽动性。对于一些愚昧和缺乏社会常识的人来说，他们说的就是真理，一种用成功浇筑出来的真理。这确实是一个发财暴富的最快捷径。它足够迷惑一个人的思想及良知。在巨大的财富和高额的收入面前，贪婪就像是一匹饥饿的狼在奔跑。在后来开放讨论的时间里，那个年龄最长的老伯自称姓黄，湖北人，头发是那种泛着点灰的麻黑，衣服很得体，看上去也有些富态。他已来了近一个月，反复分析、琢磨觉得这事可干。他把自己在苏州一家五金厂打工的儿子也发展来了，就在我们中间。他这次主要是陪儿子来听课，加深一下他的认识。他儿子的女朋友也会在下周过来，现正在杭州的服装厂办辞工手续。而那个年龄最小的女孩子来自湖南，叫梅梅。初三还未毕业就被自己的亲姐姐催过来了。她的姐姐已经发展了六十多人。此刻，正在另外一个更高级别的"家"里讲课。她始终以姐姐为榜样，认为读书是在浪费青春和钱。她正准备把这个发财的"好消息"，告诉那些正在老家读书的同学。正因为这样的父子和姐妹的亲情关系，所有人心里都变得坦然。父亲会叫来自己的儿子，姐姐叫来妹妹，还有骨肉弟兄，甚至放弃好端端的工作而加入这种"直销"，只有一种解释——这确是一个极好的机会——有巨大可得的利益并一定会成功。

他们毫无顾虑，准备为此大干一番。

在这群人之间,得出一种实在荒谬的说法:他们承认发展下线有欺骗的成分,但这种欺骗是正义的,是善意的,是为了给对方一个改变命运的机会,让他来和自己一起发财。欺骗,是因为对方还不够了解,对这个"新兴的朝阳产业"充满陌生。它还没有普及,所以会让人产生许多误会。一旦普及,加入这个产业的人就会像蝗虫一样蜂拥而至。到那时他们就只需要吃喝玩乐、坐等收钱。因为后来加入的人,都会自动成为他们的下线。越早进入这个"产业",下线自然越多。他们每一个人都称自己是被熟人以介绍工作为由骗来的,实在可气又恼火。而后来经过这种"专业"培训、详细分析,觉得值了,毫无怨言。那个姓黄的老伯是老家镇上一名退休的宣传科长。镇上一名退休的女会计,说自己在台山被一家港资企业返聘为成本会计。他们公司急需一个起草文件和负责宣传公司文化的专员,而之前那个因天天喝酒被"炒鱿鱼"了。他一想起草文件和宣传文化自己干了一辈子,那还不得心应手。自己又不喝酒,儿子也不在身边,老伴年前过世,在家熬日子不如出来看看大世界。他坦言来做"直销"是看中了财富继承制,死后可以将这些传给儿子,让他能有个好的将来。如果不是因为这个,再多的金钱,再大的利益对他来说都毫无意义。

这样的培训像是一种启蒙教育,它向人灌输一种新鲜或者未知的知识。一旦这种启蒙偏离了常规轨道,我们的思想自然就被它牵引和利用,从而一起滑向可怕的、黑暗的、即将倾覆的毁灭之地,并且完全丧失判断的能力。就像一段荒唐的历史,在它以正义的形象被写入教科书后,就会变得大义凛然。它会被当作权威印在所有人的脑子里。一代一代人传承下去,一代一代人都读着,它就变得名副其实,不可动摇。

在这个培训结束后我可以坚定的是——这是一个非法传销团伙。成员的身份都带有同样的底色,受教育程度普遍不高,要么刚刚踏入社会,要么工作不顺,要么收入低微,要么贫穷,要么退休。而这所有的人都怀有一个共同目的——一夜暴富,衣锦还乡。这个传销团伙日益壮大地存在,正是牢牢抓住这一共性。他们利用人的贪婪心理传递一种"普世价值",用扭曲的知识和谎言填补认知的空白,蒙蔽人的眼睛,麻痹人的思想。那场开放式的讨论,实则是一个巧妙的攻心计,一群深信并已加入这个团伙的人对另一群新人畅谈自己的所感、所悟和成就。任何一个想要暴富,摆脱贫穷的人,对这个团伙都会深信不疑——只要熬下去就必定能成功。受"人际关系学"的启蒙,所有人都一致认为:发展五百个下线轻而易举。用五百个人便能换取自己一生衣食无忧的财富,天底下没有比这更美的事情。

五百个人换取一个人的成功,在概率学的角度,这种代价并不高。所有人相互之间流传一种说法:一将终成万骨枯。而他们只需要五百人就能换得一将。今天我成功,明天就是你。口号喊得炸响。他们的眼睛被成功和巨大的诱惑蒙蔽,能看见的只有那虚幻的,被煽动的,近在咫尺的财富。这十六个人,以及这群规模庞大的人都沉浸在一个巨大无比的美梦里面。那里全是热情和一捆一捆等待他们搬走的钞票。名副其实的梦想啊,它让愚昧和急于求成的这些人正一步一步走向深渊。还有那个华总,他刻意地炫富,像个恶俗的暴发户一样把自己的财富尽情展现在众人面前。如此张扬,如此不加掩饰地告诉所有人,他很有钱,很风光,活得随心所欲。而真实的用意,只不过是再次坚定大家对他们的信任,坚定大家对成功的迷恋,坚定每一个人走向深渊的决心。他确实是富有的,作为这个团伙的组织者,他骗取了每一个成员的血汗钱。他才是那个坐等收钱的人。

我曾经认真地算过。五百个人,每人交纳三千八百元的机会金,总数在一百九十万。完全无法支撑一个人每月十五万的工资。若真如他们所说,可以不劳而获地享受如此高额的收入,那么就需要源源不断的人加入。如果一百人成功,那么便需要发展五万人,一千人成功则需要五十万人……依此算法,最后全世界的人都要加入这个被他们称为"直销"的朝阳产业。这就好比击鼓传花的游戏，鼓声一旦停止，最后那批手里拿到花的人将会死得惨不忍睹。

不可否认，在那次培训之后，我已经确信自己正身处一个非法传销组织。他们所做的每件事情，都带有巧妙的目的性——交钱，入伙，给每一个熟人打电话，发展下线。我已深陷其中，难以逃脱。这个庞大的群体，有种不可撼动的力量。他们关系亲密而复杂，他们集体说谎——一个人说谎并不可怕，可怕的是一群人说谎。当所有人都说着同一个谎言的时候，它就已经不是谎言，而是和真理一样让人信服。那个姓张的经理在培训结束后问我的感受和体会。我很想告诉他这是一种欺骗，是一种幼稚得可怜的荒唐游戏，是非法传销。但最终我并没有说出口。我不知道自己为什么不把这一切都告诉他，不告诉他内心真实的想法，而是对他表示模糊的认同。

是的，那段日子我是矛盾的。在面对那些巨额收入的诱惑时，在那个对成功集体痴迷的氛围中，在想起那辆黑色的奔驰轿车从我眼前发动并缓缓开走的场景，我心里立刻就涌现出一种极强烈、极可怕的念头——就算是个骗局，就算是违法的传销，也要放手一搏。即便这种赌徒的想法每次都很短暂，但它是那么真实，那么诱人，那么让人失去理智。以至于我一次又一次企图说服自己，一次又一次让自己坚定信念。而在半个月后,当我无法凑足一顿饭钱,跟着他们去菜市场捡那些即将腐烂的蔬菜时,所有的一切都破灭了。我实在难以忍受那种漫长的饥饿,更难以忍受在饥饿中谈论辉煌的未来。毕竟饥饿是那样猛烈,而未来却那么遥远。

他们开始没完没了地激励我,然后又没完没了地互相激励。那些激励的言辞和他们的演说一样充满阳光般向上的味道。他们每天的精神食粮就是那句经典的励志名言——天将降大任于斯人也,必先苦其心志,劳其筋骨,饿其体肤,空乏其身。甚至还罗列出一箩筐的成功故事。诸如韩信的胯下之辱、朱元璋放牛、李嘉诚卖花……说得实在没力气了就不停地喝自来水。也就在那时,我在推测了几乎所有的可能性后,编好了一连串的谎言。开始密谋并实施逃离计划。每次,当我们例行出去散步(避免房间人多闲逛),或者在草地上交流心得时,只要看见身穿制服的警察和保安,我就刻意躲避,然后狠命地奔跑。通过这种反复、异常的行为,我终于向他们传递了一个可怕的信号——我害怕警察,而且极度害怕。成功地引来他们对我身份的各种猜忌,各种挖掘。在他们假装不在意的追问下,在我一个又一个欲言又止的谎言中,在我精心设计于谎言里的破绽中,他们认为我是一个潜逃的罪犯。而且所犯的罪行不小。

是的，在他们眼中一个害怕警察并可能招来警察的人是危险的。因为他们心里才真正惧怕警察。最后，他们在一个漫长的会议后，对我彻底失去了激励的信心，把我像个异类一样抛弃。不再安排阿英对我考核，不再安排朋友担任我的成长导师，不再催促我给亲人和朋友打电话，不再让我参与他们的培训和串门，更不会每天跟我交流心得，而把我独自锁在那个叫作"盆地"的家里，限制我的自由。最后，他们凑钱为我买了一张车票，提着我那个破落的行李，像送瘟神一样把我送上了回广州的汽车。

　　多么荒唐而又滑稽的遭遇。我竟然用欺骗解救了自己。在回广州的客车上，感觉像是大病了一场，浑身虚脱无力。我向跟车的售票员要了瓶水，又向前排的乘客讨要了一袋饼干，然后一路昏睡。那种深度的睡眠像是一次短暂的死亡。

　　而当我醒来后，已经在广州，在上海或者北京。已经完全告别了那个庞大又激昂的传销团体。当我醒来后，那段神奇经历，瞬即在生活中进入另一种深度的沉睡。

　　直到许多年后，当我在户外草坪上，看见一群面色苍白的年轻人围坐成一团，唱着激昂的曲子，打着明亮的拍子时，它们立刻被再一次唤醒。那段遭遇的细节会猝不及防地向我砸来——2002年夏天，我在台山，被最信任的朋友骗进一个非法传销团伙。在那些豪情万丈的日子里，我感觉所有人都认为自己即将长出一对成功的翅膀。他们时刻把响亮的明天挂在嘴上，把未来美好的生活都画在脸上，飞黄腾达像是指日可待。可遗憾的是，我至今都没有看到这一切。我只是一次又一次地从他们身上看见了——那清澈如水的命运。

2009 年　广州一稿

2011 年　上海二稿

对泰勒斯的猜想

　　每当想起这些与我生活有着紧密联系而又与我个人毫无瓜葛的人时，我会陷入长久的困惑之中。这些离奇的想象时常让我觉得荒诞和不可理喻。少数时候也会为之鼓舞，仿佛在黑暗之中被一道光照亮。我知道，这道光是一把锋利的斧，它会劈开黑暗。

　　奥斯卡·王尔德说：我们都活在阴沟里，但仍有人仰望星空。

——题记

　　当你记住一个人时，最好记住他的全部。
　　关于泰勒斯的身份，撰写者们是这样记述的：

思想家、数学家、科学家、哲学家、天文学家、西方科学先驱者、哲学始祖、希腊七贤、古希腊文化之源、米利都学派创始人。可能还有我遗漏的更多的称谓。

在这些撰写者们记述的身份背后，又可以做这样的延展：

大约在公元前624年，泰勒斯出生于小亚细亚半岛的泽里特家族，在米利都城邦的这个家族源于卡德摩阿根诺尔一脉的奴隶主贵族家庭。自幼生活于一个优越的家庭环境中并接受当时优越的贵族式教育。早年经商，游历了一些东方国家，在古巴比伦与古埃及文化的双重启发下，开创了古希腊文明不可一世的繁荣。这个精明好学的古希腊贵族后裔，在公元前500多年的那些漫长而孤独的日子里，始终如一地仰望空中天象的细微变化，推断出日食的准确时间而平息了吕底亚人与米迪斯人之间长达五年的战争和杀戮；又通过观察爱琴海边季风，总结出尼罗河水位上涨以及尼罗河岸边所有种子发芽的规律和过程。在这些平常而又异于常人的行为下，结合思维与推理，窥探出宇宙不可言喻的巨大奥秘。提出万物有灵，万物源于水的思想。最后于公元前546年的一场奥林匹克赛事中因燥热与干渴不支而死。

这个古代希腊人的事迹已经述说了几千年。我的本意不是要重述这些事迹——这些都已人尽皆知，在众多响当当的大人物的论著中被反复记载。我更无意再次强调他这些晃眼的身份——在任何一所学校的历史教科书中都有不容置疑的定义，能轻易查阅，赘述只会了无生趣。他富有的一生被众多先贤纳入一部部辉煌的论著中，如同历史教科书上的内容一样不容置疑。所以，我接下来的叙述都与这些无关，除了有助于展开我后面话题而不得不谈到的事情外，其他的我绝口不提。

对于这个有着希伯来人（后来的犹太人）和腓尼基人混合人种血统的贵族，在他不断经过后人叠加的身份里，我所感兴趣的是他作为一个商人被众人提及，却被排斥在商人的身份之外。所有的撰写者在谈论起他的经历和成就时，无一例外地用他经商的现实来突出哲学思想的宏大。这样的撰写充斥着传奇色彩，多半带有夸大的嫌疑。可以肯定的是，公元前500多年时期的古希腊是一个几乎空白的社会，那时候的人们并不知道什么是哲学，包括泰勒斯自己。除了尼罗河水会决定种子的发芽和生长之外，空白几乎覆盖了所有领域，就像是繁华的城堡上裹着一层白雪。

泰勒斯应该是第一个铲雪的人。

我更愿意这样描写：泰勒斯作为一个受过良好教育的商人来往于米利都城的各个部落（这种良好的教育现在看来其实很贫乏），从事各种与生意人有关的活动。当时的米利都城邦，商人的活动是社会的主流活动，商人阶级代替了贵族政治，是一个在思想上相对自由的社会。泰勒斯以商人和奴隶主贵族的双重身份出现在各种场合深得众人信任和尊重。他的生意一帆风顺，活得干劲十足。然而，对于一个精明的商人来说，米利都城邦有限的资源始终使他感到苦恼。在各种不同的商业活动里，他接触到为数不多的从东方远道而来的异国商人。在与他们接触的过程中，他被这些东方商人的见解和辨识吸引。当米利都人认为这几个东方人的言语中含有不学无术的荒谬想法时，泰勒斯逐渐觉得自己生活在一个单调的荒蛮世界。他是米利都城唯一醒着的人（或许也是古希腊唯一醒着的人），而唯一醒着的人是孤独的。泰勒斯日益厌倦那些毫无新奇感的商业活动，而选择在尼罗河边的空地上静坐。这样的静坐是一个漫长的过程，除了仰望星空的深邃，就是俯视脚下流过的永不干涸的尼罗河水。他忘记了自己是一个商人，而想起那几个东方人的眼睛。在尼罗河水位上涨之后，他果断带着腓尼基特里泽家族的奴隶以及琥珀、皮草等等这些米利都的商品前往东方。漫长的漂泊与商务游历中，古巴比伦王国和古埃及王国无疑是这个无与伦比的商人表演的舞台。他长时间停留在这两个国家起居生活，逐渐将所带商品出售一空。在贩卖商品的同时，他用一个商人的精明头脑结合商人强大的语言表达能力，对自己所理解的这两种普世的文化作出系统性的阐述（古埃及人在这一点上是笨拙的，他们开辟了自己的文化却不能对自己的文化做出合理的解释和推理），深得法老和蔡司们的赞许。数年之后，这些东方文化被他带回米利都城。被白雪覆盖的城堡，积雪开始消散，逐渐显露出所有的繁华。

一个古希腊商人，经过漫长孤寂的漂泊以及冒着丧失生命的危险，到另外的两个国家去贩卖自己的商品，这种行径在当时的社会只是一个微不足道的枝节。梭伦、毕达哥拉斯、柏拉图这些响亮的人物都曾以商人的身份到访埃及。这样的经商应该是光荣的，像是一种使命。而无论这样的光荣来源于何种行为，终究无法改变他们作为商人的事实。在这些人之中，泰勒斯无疑是收获最大的。除了被他推崇的文化，我需要强调的是泰勒斯所带的两种商品——琥珀和皮草。我甚至倔强地认定泰勒斯在经商途中所带的这两样商品价值超过了他毕生所有的思想。

公元前 585 年的某一天，这一天一定是个晴朗的好天气。泰勒斯在即将抵达埃及的途中，心情和天气一样晴朗。他开始整理自己的装扮，尽量让自己看起来高贵而又优雅。他本就是一个贵族，即便是在埃及人的国度，他也要让这种贵族特有的高贵气质显露出来。他随身佩戴的琥珀饰品就是贵族的象征，还有与他同行的奴隶。可他发现这块琥珀在长久的跋涉中已经变得暗淡无光，看上去不但不高贵，且顿失美感，像块发了霉的骨头一样死气沉沉。他随即让同行的奴隶将裹在皮草下的琥珀全部打开，所有琥珀一律同他佩戴的那块琥珀一样暗淡。他吩咐把皮草摊开，让琥珀在阳光下暴晒。皮草被晒得发热，琥珀依旧暗淡。他为此感到焦虑并令他的奴隶用皮草试着将琥珀磨得光亮。他的这一尝试同样是无与伦比的。琥珀的光泽逐渐显露。他的奴隶将第一块磨得发亮的琥珀递到主人的手中验证时，泰勒斯的手指有一种瞬间的猛烈的麻痛感，并发出短暂清脆的细碎声音。他用极快的速度缩回已经伸出去的手（左手抑或右手已不重要），俯身凑近仔细观看。这时候他发现自己茂盛的胡子被那块琥珀所吸引过去。他对这一奇异的事件满脸茫然，反复用皮草打磨着不同的琥珀，发现所有打磨过的琥珀石都带有同样的特性。他的知识和认知无法对这一现象进行解释，只能用古希腊文将这一神奇发现记下，并将它称之为琥珀。（英文的电 electricity 一词源于古希腊文琥珀。）

这一想象的结尾是这样的：泰勒斯的这一发现显然在当时的社会是完全不受重视的。他在发现这一现象后便进入了埃及，以商人的身份开始了实际的文化之旅，接受埃及蔡司传授秘教实用知识，并提升成哲学。庞大又新奇的知识已让他无暇思考这一发现。它也有可能被泰勒斯作为万物有灵的启发，认为连石头也是有灵魂的生

在南方醒来

物。他向毕达哥拉斯反复强调万物有灵的思想。而直到公元前546年他在那场奥林匹克赛事中因燥热和干渴不支而死，毕达哥拉斯依然没有接受这一思想。泰勒斯更无法想象的是他的这一偶然发现，对后来的整个人类社会起到颠覆的作用。他应该为此感到遗憾吧？或者说我们。

另一个奇怪的现象是，柏拉图在《泰阿泰德》和《国家篇》这样的煌煌论著中并没有提到泰勒斯的这一发现。亚里士多德在《形而上学》以及《政治学》中也没有提到泰勒斯的这一发现。梭伦、西罗多德、拉尔修等等这些无比响亮的人物几乎都没有提及。更无人对这一发现进行探索和研究。大概是他们认为在泰勒斯毕生的学识中，这一发现几乎是件不值一提的小事，对他们各自探寻的领域并不具备实用和借鉴的意义。我不知道这样的解释是否正确：当我们以为自己认识一个人时，其实你认识的只是你所熟知的部分和你所关注的部分。当我们努力记住一些事物的时候，我们就已经或者正在忽略与这些事物有关的更多的东西。这些被忽略的却正是我们应该铭记的。

2012年　上海

一个外科医生的手术

我想摆脱一种宏大的叙述来完成接下来的写作。我这点浅薄的认知并不具备宏大叙述的能力。在任何宏大的命题面前，它根本不值一提。我会逐渐回到单薄而又苍白的本质。故作姿态的行为，就像是我从来没去过呼伦贝尔草原，却告诉别人它有多么葱郁、多么辽阔，那里生活的人们是多么自由和健康一样。这种虚妄的言论会让我沉浸在自己的个体世界里独自迷醉，并为此感到自鸣得意的高明。而一旦真相被揭露，所有拙劣的痕迹都将原形毕露。强烈而巨大的羞耻感如同和自己不爱的那个人在完成一场性事后的孤独。无以言表，更无处安放。

所以我会尽量做到让自己的书写贴近于内心的真实面目。尽管这样的书写稍显稚嫩并且带有倔强的个人偏见，尽管这样的书写除了带给人某种可疑的动机外，不具备任何意义。是的，我提到了意义，这个时刻挂在我们嘴边的词多么重要啊！它出现在我们非此即彼的生活里，就像是宗教里的经文一样，控制我们的思想和行为。这么一个抽象的词，其本身并没有什么实质的属性和指向，庞大到毫无边际。而我们所赋予它的定义，可以让一切卑贱的事情变得崇高，也可以让一件崇高的事情走向卑贱。我想到被后人称之为伟大的泰勒斯最先以商人的身份活跃在那个繁忙的米利都城时，他存在的意义仅仅只是商品和利益，带有不容辩解的公众性和强烈的目的性。他的眼睛从未离开过米利都城上空的太阳，对于尼罗河以外的另一个世界茫然无知。而即便泰勒斯拥有整个米利都城所有的财富，他也只是一个富有的商人。可以享受空前的财富及奢靡骄纵的生活，但无论如何都无法启蒙米利都人愚昧的思想，也无法阻挡尼罗河翻滚的河水。他更不知道在尼罗河以外的另一个东方国家，商人只是一个不入流的角色，属于下等人的生活。卑贱的身份注定与崇高的事件无关，这是两个不可逾越的距离。我无法猜测泰勒斯是否会因为没有到过这个神秘的东方国家而感到遗憾。可以肯定的是，当他从古巴比伦和埃及再次回到米利都时，他作为商人的身份就已经死了。取而代之的是一连串复杂的、听起来伟岸又迷人的称谓。

泰勒斯长期游历于两个东方国家，他的世界逐渐放大，视野变得前所未有地宽阔。这点毋庸置疑——作为古希腊文明的先驱者，这个米利都人已经被公认为是能够教导世人了解一切未知事物的人。他的思想和言论在他后来的众多学者里，就像是穆斯林眼里的《古兰经》一般神圣，不可亵渎。延续并且诠释这些思想对于人类本身的意义就成为后人艰巨而不断持续的任务。他们为此争论、探索、兴致勃勃而激情四射。在争论、探索之后再附加自己更多的理解和发现，公诸世人。正如此刻我正进行的一个叫作写作的行为，难免会带给人一些可疑的动机。而一旦这种隐秘的动机赋予了正确的意义，就会变得正大光明。所有的私心，带有个人色彩的偏见，自我意识的传播，对虚荣极力的追求等等，这些阴暗的背景都将被视而不见，不予追究。

苏格拉底、柏拉图、亚里士多德，这师徒三人无疑是最大的成功者。他们在泰勒斯之后自成一派并光照后人。阿纳克西美尼和阿纳克西曼德这两个泰勒斯最为得意的学生，他们曾经跟随泰勒斯那两只澄澈的眼睛一起探照黑暗，原本应该是泰勒斯思想和理论虔诚的传播者。而在泰勒斯死后，他们就像是尼罗河苍老的河堤上裂开的两个豁口，离开了泰勒斯坚守的精神世界，并不认为水是万物之源。尽管泰勒斯的死亡与水有着戏剧化的紧密关系，但这并不妨碍他们各自对于世界万物形成的理解。在道德上来说,这样的行为可以视为一种不忠诚的背叛。而一旦回落到文化或者学术的基点,这种行为是多么正大光明啊,这正是我们所一贯倡导的思想创新和百花齐放的盛况,美艳得像是茫茫暴雪中一株血红的梅花般夺人眼球。

这些惊世的后来者,他们都创造了太多个人的东西,都很独特,也很新颖,纳入一部部煌煌的著作中沉重、神秘而忧伤,得以让他们的名字穿越历史的战乱与烟火,立于不朽。值得探讨的是,无论是苏格拉底、柏拉图和亚里士多德自成一派的成功,还是阿纳克西美尼与阿纳克西曼德背离了泰勒斯的主体思想,他们始终都是活在泰勒斯的启发之下,从来都未曾真正摆脱过这个米利都人的影子。与他们显赫的身份相比,我更愿意把他们理解为具有强大影响力的"个人主义者"。我这样说并无意亵渎这些先贤者们的思想,更无意诋毁他们卓越的成就。他们都高高在上,像是万物之神的先驱者,向世人传播神的旨意,干净、圣洁并且充满了慈悲。

我所要提到的是另外一个重要的人物——威廉·吉尔伯特。伽利略称之为——伟大到令人嫉妒的程度。

而对于绝大多数人来说,这是一个遥远且陌生的名字,充满不可捕捉的神秘。坦率而言,在此之前我对这个十六世纪英国医生的事迹也一无所知。那天夜里晚饭后，与朋友们聊到人类社会的发展历程这一话题时，聊起以上提及的这些远古先贤与中国的儒家、道家，再到战争与工业革命，他的名字从一位朋友的嘴里横空出现，让浓烈交谈的场景迅速陷入尴尬。陌生的程度以致我们无法准确而又清晰地念出那个拗口的名字。他的出场，让大家将各自宣扬的话题都冷冷缩了回去，扰乱了那一整个夜晚光芒四射的谈话。再后来我们统一认定无法避开这个叫吉尔伯特的英国人而去谈一些更深入光彩的东西。就像我们在谈论某个朝代无法回避那个朝代里的任何一位君王。尽管我们所知甚少，也尽管我们里面没有历史学家和医学家。我突然觉得那夜的谈论因充满了忧国忧民的思想而显得无比滑稽——一群无所作为的人谈论一个严肃而庞大的话题——人类社会的发展历程。而更为有趣的是我们谈论这一话题时必须要谈到一位医生，谈论这位医生却又并不是在赞扬他高超的医术。总之，混杂而怪异。

遥远的故事附着岁月厚厚的尘土而被藏匿，那场看似滑稽的谈话仿佛一只古老的手从岁月深处捞出吉尔伯特这个名字，使其重见阳光。我对他做过一些搜寻，而可供参考的资源除了一部我无法看懂的巨论，能查考到的有关他生平细节就只有一些残简的碎片。我愿意将这些碎片进行组合，也尽量让描述脱离历史记载的味道——

因为我的许多说法并不严谨。

让我们想象一下吉尔伯特遥远的形象。不是作为英国医生的吉尔伯特——作为女皇伊丽莎白一世的御用医生，他的医术无疑已经达到了巅峰之境，并且无可比拟。而是想象在社会属性中他作为一个独立的人的形象。是的，"独立"，这是区分群体意识最直接的一个词。获得剑桥大学医学博士的学位时，吉尔伯特最初的意愿应该是成为一名经验丰富的医生。或者成为一名顶尖的医生以获得自己在职业生涯里的成就感。当然更为合适的是把他想象成另一种更为高尚的形象，在这里我无须提及。从事化学研究对于一名有远大理想的医生来说必不可少，也无可厚非。而当他决定放弃这一研究而沉迷于物理学时，在群体意识里面这确切无疑是一种不务正业的行为。就像我现在从事着供应链管理的工作而迷恋于一种写作的行当。我的朋友们不止一次地诘问我所写的这些东西，对于我的工作有何帮助？对改变我生活的现状又有何用处？最后询问到我发表一篇文章能获得多少稿酬后便嗤之以鼻。

在群体意识的思维里面，我想吉尔伯特应该有过相同的遭遇。他可能不知道在自己四十岁时放弃多年的化学研究，在外人眼里类似一个疯子，一个不务正业的败类。也不知道这种转变对于一名医生的意义（医生研究化学如同武士打磨自己佩戴的弯刀，而放弃研究化学，好比武士丢弃手里的佩刀）。冒险主义者或者一个伟大的科学贡献者都是为后人歌赞的。这些庞大的事后颂扬者，一夜之间就搜罗了全天下所有美丽无上的词，送给这名叛逆的医生。他已经死去数百年之久，当时的声音和这一改变的动机也已经成为一个混乱的谜团。除了吉尔伯特自己，所有的推断都只不过是我们人为的猜测——用我们自己的思维来推断别人的行为——包括我自己。而我更倾向于让自己的猜测尽量单一和简单些。如果不像事实那么真实（可能荒唐），或许会有某种借鉴和象征意义。

吉尔伯特的决定或许只在一刻之间，像是受到神的指引而顿然醒悟。对于一个博学而聪明的人来说，对于一个虔诚的信徒来说，总是能够准确地领悟神的旨意；对于一名老辣的医生，总是会有一双深沉而锐利的眼睛用来发现症结的根源。精湛的医术把他从科尔切斯特一个法官的家庭带到伦敦，成为贵族生命的救护者。独特的身份使他整日忙碌地来往于不同的群体而成为一个博闻广记的人。他忠于自己的职业，忠于自己的国家，但并不忠于自己的研究和宇宙。他或许为自己的职业感到幸运，也为自己生活的国家感到庆幸。1580年，随着伊丽莎白一世结束教派纷乱，英国社会已经趋于平稳和强大，开明并自由。在伦敦街头，吉尔伯特看到了从未见过的繁华景象，一派欣欣向荣的盛大气势，情绪高涨而又愉悦忙碌的大众，以及这个国家远大的未来。他应该是为此变化而亢奋过的，他同样也应该真切感受到了盛世初期那种激烈的争辩与驳斥。他看见了里士满王宫内的奢华与傲慢，政治的漩涡，看见王宫外虔诚的传教士、异教徒、学者、不同学派和思想的拥护者、学生与老师。

他看见这些繁杂的群体组成一个混乱的场景。他们争吵、辩驳，甚至诅咒，像个斗士般充满热血。从王宫内主张镇压异教徒和兼容教派的声音，从天主教徒到基督教徒关于圣母玛利亚的争论（天主教认为圣母玛利亚没有原罪，基督教认定圣母玛利亚有原罪），再从各个学派倡导人文主义精神以冲破旧式神学的束缚，泰勒斯、苏格拉底、柏拉图等众多古希腊先贤思想成为宗教以外另一个火辣又时髦的议题。不可否认，这些群体都是热情而笃定的拥护者。拥护各自的思想，并企图说服或者战胜另外的思想，从而形成一种普世价值。

这些没完没了的争论像是黑夜里无法消灭的蚊子一样扰乱吉尔伯特安静的生活。他甚至清楚地听见那些争论的声音里面有人提到了人类起源说和万物形成史，冠之各种离奇的自然现象加以佐证。在这种长期喧闹的激烈博弈中，吉尔伯特的平静逐渐崩裂。他开始被一些本与自身无关的悖论博论弄得摇摆不定，连同那个弥漫着浓烈化学气味的实验室也塞满了各种伟大的声音。吉尔伯特再也无法忍受，在这些混乱而目的鲜明的争论中变得烦躁不安。他以医生的身份目睹过无数死亡，也以医生的身份亲历过无数重生，却无法终止这些看起来繁华的纷争，而这样的纷争正企图侵入并搅乱他正游刃有余的职业，否定他日以继夜潜心的研究。同时，吉尔伯特出于职业的敏感性，看到了两种病。一种病来源于身体，他可以医治，或者想尽办法医治。而另一种病则在身体之外，在不同的人群中迅速扩散，自由并且嚣张，他对此束手无策。作为一个正逐步走向成熟并小有盛名的医生，终结身体上的病痛是他必要的技能。当他正式以威廉·吉尔伯特医生的身份出现时，这种技能就理所应当地变成一种职责。然而，当他以一名学者或者研究者在化学实验室里专注于各种发现时，吉尔伯特应该是陷入一场关于职业的个人纷争里面。种种社会迹象让他对自己从事的职业感到怀疑，甚至担忧。

在那些不够安静的日子里，他不断地重复一个问题。或者在他弄明白了某种化学现象后，停下手中正在记录的鹅毛笔，突然诘问自己：我可以医治身体上的病痛，我也可以倾尽所学研究治病良方，以消除更多的疾病。可是，这些看似完好、无病无灾的身体，真的就健全吗？他想起里士满皇宫；想起科尔切斯特；想起伦敦大街上的传教士、异教徒、演说者、学者、学生及老师，他们像魔法师一样用各种超自然现象来配合自己的表演；想起他的病人和脚下这块承载一切物体的大地；最后他想起自己时，像是从一个荒唐的梦中惊醒过来。他停下手中正忙碌的所有事情，收起用于实验的各种器具，毅然放弃潜心已久的化学研究，投入自然科学的探索。而这种强大的魄力与顿悟驱使他继续遵从内心直至成功。用一双治病救人的手写下那部煌煌巨论——《磁石论》；用一双医生的手向所有争论者，向全人类宣布：你们都别吵了，地球不是你们说的那样，它是一个巨大的磁体。那个被你们呼喊得最热烈的泰勒斯，他发现的琥珀现象是电，不是什么天神的力量。毫无疑问，这是他一生从医经历中最完美的手术。伽利略如实说：他伟大到令人嫉妒的程度。

我愿意把吉尔伯特写成一个时代的叛逆者、一个职业的背叛者、一个群体意识里面最孤独的人。当然，我也可以将他写成一个受到天启的带着某种光荣任务的使者，写成你们想要的形象。这些我都可以杜撰，并尽力写得使你们看不出破绽。但是，我无法写出真正的那个吉尔伯特，就像我无法认清那个真正的自己。因此，我更愿意相信那句流传甚广的话：在医生眼里，所有人都是病人。这样的说法显得绝对而又荒唐，正如我们在所有正常事件里面日益被麻痹的思想。我一直需要为自己的行为找寻各种不同的意义，直到与正确的那个对上号。

湖水之外

没到过花亭湖之前,我对花亭湖的水是敬畏的。成长中,有十六年时间里,一直喝着花亭湖的水,吃着花亭湖水浇灌的谷物。尽管如此,让我发挥千般万般的想象,我也想象不出她温柔含蓄、风情万种的一面。

花亭湖是一个人工湖,湖的本身不带半点传奇和神话的色彩。一个纯粹的湖,干干净净。追溯起历史也不能算久远,在大自然诸多的湖中她是一座新的。矜持而安静地躺在山谷之间,就像是一个初生的婴儿偎在母亲的怀里。她没有涓涓流水的欢悦,也没有太张扬的造作。儿时,听母亲说,在这座湖的湖底,是埋没了一座状元府的。我问母亲,"那,湖有多深?"母亲说,"一百个你垒起来也不够它深。""那,它有多大?""绕它一圈,三天三夜都走不到头。"

母亲参加了当年的修湖，所以对她说的话，我到现在也都相信。也许正是有了状元府的缘故，花亭湖才沉淀了浓厚的文化底蕴变得如此文雅起来。

花亭湖中有岛，众多苍翠的小岛，或远或近，或挺或坦，相貌不一，体态各异。在初夏晨阳羞怯的炽热里参差又灵活地浮在水面上，与那平静又深邃的湖水，相融相爱得如此恒定。只随湖水轻轻一摸，他们就放任地脱去底处的青衫，裸露出黄色的肌骨，远望去，活像是扎了一个个金箍，缚了段黄绸一般。小岛被衬托得愈发灵秀妩媚，水也就更妖艳动人。第一次见到的时候，我的浑身就变得一阵灵动和亢奋。在大坝上来回地踱着步，心里却揣了一只小兔子。远处有一只渔船，也只能看见船和渔人。两手摇桨，好像是也乱了，在小岛间欲逗留、欲穿越。仿佛是天边放飞的风筝。莫不是寻不着归去的路了么？抑或是留恋这缠绵的风景？牵连这风筝的我的视线任凭着引逗。而我，也乐于这样。一根根银丝般的波浪从远处向我漂来，静静地、阵阵地、诱惑般地漂来，宛若初恋时起伏的思念，又好似分别许久的情侣相拥后的万籁无音。我真的是不敢走神的，我贪婪地把这缕缕银丝收入眼帘，是一缕也舍不得错过，怕错过了一缕就丢失了某种微妙的情感一般。我有些飘然了，觉着自己是跌进了一个软绵绵的梦里，明明是清醒着的，却紫紫地睡了。

在那几周我就置身于其间。我们没来工厂访问过。其唯一的存在方式，让我们小声说说的事。我想可以像摆弄千万条出现在被我染黑了头巾里的头发。即使如此，世界就摆在那里，陪伴着我们的便是那几个工人的工作，一个暑热。而因袭的身份。我们在工作时仰天长着久久失落的神情。一个蓝瓶子沿着我的头顶飞过──如果，从未敲打过任何人的鸦阵。这种关系时显得更真，一个在车间工人间的工友关系，可能是蒸直，又时而变得真实──那种区分人的界限的暧昧，昏的，暧昧，我从未清晰。

有人能够为我解分这种来和其未来规划的模糊感。

在一起。那一刻她那张通红的脸蛋是，十指连连心的痛。先然，又会被种植在手指。她抬头用眼睛看水还是一滩，一滩滚烫的，似乎都要流下来的那种感觉，都顺着很深很深的伤口。又烫是一神尖刃再色的瓷砖，我们系于工场上之类工夫。然后就从被她淡淡的手指甩到胸脯。眼睛依旧毫无色泽了。她像是失了知觉。只是叫了一声，随回手指就滚热被开水烫在不在在那烫破了的手下。在那说出来开──那时那张脸就褪了春红的，遥湿的脸了。光带是一丝丝失色的暗晦。这还不是整种紧张稀薄着一──个小圈看北垦开的恰恰刚被她的伤口。在自己的伤记中的在醒上。然来色的工作建立到这受而黯色。皇大一片，都真是之久的意久从丛闹的海里过。手里抽出被枯筷了。湿洒身在无比的痒而自我。尤叫尖声血就挑拨从昌出来。像摔摔旁粉我关注他的衰落。尽管他出现过，但是来不及采取任何有效的救治行动来挽救他了。爱情一向无反顾，而且非常的美，那样的生与死交织的双生花怎么能够被种种于涉少？

离开地一天的几天，我多年间接触的许许多是有，其实我并不能确切地告诉你们也为基本在我们的头，这种事物它从来不会太对别人的爱又，就此只是赶往其他人们。进入人们。工作们们一起到她就就就就就就就就了了，他们在我我的时候都知道了。几个小熊不有一种被被催促力也难为他们。

人们的联系。工作与和他们的器物就在那里。

从午间出来的是在那时,我就愿意再那里等一会, 她的文才正腾在花店门口堆放花篮, 给为一个年纪的小伙子手里看里拿水红色的
来花儿。她像就回她的放放接各样的花朵, 她使满满在笑出又又等有
开始。她上子杨得几乎不心经了, 她有那不巴瓦达她穿得尽其的
好风走我到东麻在着了事, 用了阳的阳的路, 他们很能会看重看的是那样吗
候选没真长, 是得那本是的, 花艺的, 甚其他的多的人, 再难一看, 哪
那都因我们也难道, 我很知道她在这问台着上所投人的那精力, 我的得你不
再要比就能都看看出头办名, 自即有的活活着, 都后一次不眼又
出花的时间。在工厂, 所有人都要花几乎几百是一种那家家苦路, 江了人
过得就。

人要有天气能清好的, 漂亮, 一座风都没有。所有人都是不要, 要上班可能就。

好不奇异的感觉。与我遥遥相对的是一排黛青的山，逶迤地连着，本是很近的，由于隔着湖水，没有路通向它，迢迢地远了。隐在一层薄薄的雾气里，大有小姑娘怕羞的样子。我正使力地想要看仔细些，她便欲羞得厉害，阳光洒下来，她的脸就羞红了。这时，有一阵风轻盈地吹起。只轻轻、短短的一阵，满湖的湖水迅即撩起她们的裙角，随波光一起翩然舞蹈，水中倒映的蓝天和白云也被她们轻盈的舞步拨动了心，在推搡下扭来扭去，和谐着我的心相与浮沉于这清清的水影里。

湖面上有波粼微微闪动，活像是一群调皮的孩子眨着眼，快速的，明晃晃的。我轻拍手掌，想引她们入怀，可她们抬起稚嫩的小脚，跳着散开了。趁我恍惚，时而又探出小脑袋望望我。我正欲用眼去捕捉，又跑掉了。——这些水里的宠儿，这些可爱的，她们是在跟我玩捉迷藏呢！我到过许多的湖，出名的，不出名的，然却从不曾见过这么可爱的，淘气的波粼。我绕过大坝到浅水的一滩，小心探身下去，她们立刻就躲了起来，再也寻不着。浅处的水至清，山也就瘦了，印在水里软软的，绿绿的。我也印在水里，和湖边的花草树木一起，印在水里了。岸上的松树，本是苍劲有力的，在水里却海草一般柔软。随水轻轻漾着。我看见几只鸟儿，它们在水里拍着翅膀，唱着好听的歌儿。越过山顶，穿过密林，朝湖水最深最远处飞去。我还看见一群娇小的鱼儿从我身边游过,像是阅兵队里某个方阵,轻轻地摆动尾巴,撞上我就四散开了。我看到它们红的鳃,白的鳞。——这时有几条游到我裤子的口袋边,左右巡视,便倏地一下钻进去,再也不出来了;又有几条朝湖心游过去,只一会儿工夫,就被远处的湖水染绿了,再也看它不见。我抬头望望天,再低头看看水,竟不知自己是活在哪一边呢。我真的是醉了。我试着直起身子,可是这湖水软得我的骨头都酥了哩。

这美丽得玲珑剔透的、妩媚迷人的湖水,如纯洁的处女的心,如温婉的羞涩的情。我想大声地喊出来,我想跟她说些什么,可我又不知道该说些什么。

其实,是我不敢,我哪敢哟,我怕吓着了她。

我在她的脉脉里,静下来。我静下来后,反倒觉得怅怅了。花亭湖本不是湖,起先她是一个水库——花凉亭水库。然后再是花亭湖。既然是水库,她的用途自然是灌溉,再简单不过了。可就是这么简单的一个用途,在许多人的心里她曾经蒙受了不少的冤屈。

记忆的深处,农历的五、六、七月份是洪灾的季节。年年的这个季节,对于我们这些生活在畈区的人,尤其是庄稼人来说,这真是一段坏透了的日子。整日暴雨,湖水就涨疯了,像是发育的少女,涨得丰盈,涨得丰满,涨得要冲破裤管,涨得要撕裂衣襟。一再地、几度地，人们张皇离家，逃向山上的学校，年年混乱，年年慌切。不知怎的，那时候我竟然觉得在山上盖学校就是为了能避洪水。我是逃过洪水的，一次还是两次，或者更多。如今已然记不清楚了。只有屋长，他冒雨敲打铜锣从屋东头跑到屋西头的样子，我是不情愿看到，又不敢忘记的。"大水来咯，花凉亭的大水来了""花凉亭的坝破了"。他一直喊着这两句，且不管水有没有来，也不管坝有没有毁，是的，他就是这么喊的。在我的梦里也是这么喊的。按照他的话说，他是接了上面的指示，奉命行事，似旧戏里传旨搭话的宦官。这旨接不接是你的事，传不传，怎么传是我的事。不矛盾，不冲突。他的嗓子远比铜锣发出的声音要震撼要刺耳许多。像是静夜里响起的一声霹雳，回旋着要毁灭一切的，让人战栗的轰鸣。他的声音只要一出现，我的祖母就不高兴了，整个屋场也不高兴了。

祖母是一个腿脚不灵便，却很干净、很善良的一个老人。她帮我洗手的时候，连我的指甲缝隙里都刮得白白的。逢上门讨米讨饭的，即使自家米缸的米见底，也不忘用升子勾些装进乞讨者的布袋。然后悠悠地说，喉咙深似海，多吃点少吃点都填不平，这些人可怜。每次都像是在自言自语，又像是在解释什么。

路上的人越来越多，比暴雨之前群聚在低空的蜻蜓都多，比蜂箱爆裂后倾巢而出的蜜蜂都多。有抱孩子小跑的,有挑着箩筐急行的,有搀扶老人赶路的……

人叠成排浪,一阵一阵地猛扑过去。屋长的声音被撕裂出一个口子,人就从口子里逃窜出去。屋长挤在人的缝隙里,声音越来越小。

人流汹涌着,相互催赶着。自个儿的家园即将变成一片汪洋,他们也顾不上留恋,顾不上多看几眼。

没有什么比生命更重要,没有什么比逃难更紧张。这些保命的,这些逃难的,骂天骂地,骂三骂四。浑身都在抽搐。

父亲说:妈,走吧,都走了,再不走就来不及了。

祖母颠到门口,朝外看看,又颠回去。慌乱的人流与她无关,洪水与她无关。平静得就像是浪潮边的一块石头,任由冲洗、撞击。

父亲说:妈,走吧,水都到眼皮子底下了。再不走就来不及了。

祖母的脸色变得阴暗。我就不信这花凉亭的水真会下来,真有这么厉害。不会来,不会来,来了还能跑?跑得了?田里,地里,山上,山下哪里不是花凉亭的水。

祖母只是一个连字都不识的农村女人,我不相信她有穿透灾难的洞察力。与其牵强地这么认为,我更意愿理解是祖母对日夜生活的那片天、那方土的真情，非不惧怕洪水，非知无洪水。只是绝望前仍持希望。这希望就使她更坚定地信任头顶的那片天；信任脚踩的那方土；信任衍行在这土地上的花亭湖的水。——这都是我后来推想出来的。那时候不知怎么，只觉得她是一个执拗、顽固的僵老太太。任由劝说，她都稳稳地坐在小木椅上捧着用竹根雕成的烟筒，稳得似一尊蜡像。

我跑不动，我也不跑，你们都走，我留下来，我要亲眼看看这花凉亭的水是怎么害人的……祖母平静地捻着烟丝，按进烟筒，深深吸了几口。吐出浓浓的烟雾，祖母的话音立刻就被这层氤氲着的烟雾附着，朦朦胧胧的，让人看不透话语后面的意思。自然也没人去揣测她的喻义。

只记得她是被父亲用绳子绑在手推车上，一路噙着泪水到山上的学校的，我也坐在手推车上，与祖母相对。

洪水终究是没有下来，在一片谩骂和诅恨的声音里，悄悄归于平静了。

太阳，久违了。人的脸上也有光彩了，不再是阴沉沉的。回家的路上，我和祖母依然坐在父亲的手推车上，只是车上没有了绳子。

作为庄稼人，对花亭湖的水应该是有着一种矛盾的心理。在洪涝的季节，他们认为这湖水就是灾难的源头，湖水即洪水，他们要躲着她、避着她。然却，房子躲不了，庄稼躲不了，牲口也躲不了。所以，他们一边躲着，一边会骂、会责怪，会有满腔的憎恨。一点儿也不藏着掖着。但又离不了她。风缓雨停，日出云开，他们继续劳作，继续灌溉。花亭湖的水也一点儿不藏着掖着。

现在想来，花亭湖的水着实是无辜的。我们知其然，我们不知其所以然。她的无奈是大自然给她的。她有满腹的柔情，她又有火热的激情，她的激情也会任性，不为这天地间的世故人情，只为对破坏她温馨性情事务的一种愤慨和抗争。她不理会人的曲解和强附着的冤屈，她只顾尽情地展示她的万种风姿，纯情挚感。世俗的恶语，挡不住她纤纤细步，流入农人的地里、田里。哺育一方土地，滋养一个城市。默默地，不求回报。

我虽是一个虔诚膜拜的佛徒，但是与花亭湖的水的这般心量弘大，我是比不了的。这里花亭湖的水又比我高了。

我的祖母也离去了，祖母的坟茔在梁山燕。山上有当年的学校，山下有一条河，终年汩汩不息地流着从花亭湖里排下来的湖水。祖母日夜地看着，望着……

一年一年，祖母到底是没有看到湖水害人的样子。

2007年　广州

这一切看起来如此正常

你总是很轻易就把自己带进一个陌生的环境里面,总是很轻易。小时候在乡下,你常常会跑到其他村子里去玩一整个上午或者下午,你自顾自地玩,一个人都不认识,也没有一个人认识你。在别人眼里你是一个没人管教的野孩子。你甚至把自己的书包玩丢了,它明明就背在你的肩上,结果你回到了家里,它却还在外面。夜里,父亲打着那个已经生锈的铁皮手电筒领着你去找它时,就像是寻找一个迷路的孩子。穿过两个村子和稻田,穿过那些两边长满狗尾巴草、弯曲又细窄的土路,最后在一棵枯树下面,你从父亲手里并不明亮的灯光下,一眼就发现了它。

而另一个值得回味的事件就是在一个完全陌生的村子里掏鸟窝。那棵古老的梧桐树你比你父亲挑水的木桶还要粗。它紧挨着一排低矮的瓦房。那瓦房又像极了一排久经沧桑的老人的脸。你爬上那棵粗大的梧桐树,离枝间的鸟窝越来越近,离天也越来越近。两只可怜的幼鸟,在窝里狠命地扑腾翅膀,却始终不敢离开鸟窝半步。而另一只成年的大鸟,它显然已经感到一场可怕的灾难了。在旁边的树枝上跳来跳去,冲你发出撕裂的叫声却又无论如何不敢靠你太近。你的激动显然无法抑制。在正欲伸手抓住那两只幼鸟的同时,你从树上掉下来,果断砸向那排瓦房的屋顶。你被那房子的主人擒获后,瘫坐在地上假装受伤而直不起身子。在他们正讨论你的伤势并为此担忧时,你突然爬起来,像只敏捷的猴子一样——逃脱了。那个书包也再一次被你遗落。那户房子的主人在你身后也是这么张扬地骂的:这是谁家的野孩子,没人管教的东西,你把我的房子弄坏了。

　　这样的事件一直是你童年生活里最重要的组成部分。而对于读书,你似乎缺乏足够的热情。你一度认为读书是件十分无趣的事情,只不过是在替你的父母完成翻身的使命。他们希望作为农民的身份,在你这一代通过读书得到改变。你逐渐丧失兴趣并感到厌烦,对所有与上课有关的事情都失去耐心。直到在中学很长的一段日子里,你开始厌学,开始偷偷学着抽烟,开始注意女生悄悄隆起的胸部,开始像个无赖一样厌恶所有与你亲近的人。也就在这段日子,几乎是一夜之间,你逐渐认识了三个遥远而又相当重要的人物——梵高和拜伦,还有那个叫巴尔扎克的法国老头。但他们都不认识你。你觉得自己每天都能听见他们说话也跟他们说话,他们却总是一副异常忙碌的样子,顾不上理你。在他们眼里你是一个极度平庸的臭小子,无数沙粒中最不起眼的那一粒。你还只会整天坐在教室里两眼对着课本和讲台发呆,和所有呆头呆脑的人一样。连你身上散发出的气息都是平庸的,还带着一股发霉的味道。你开始逃课、不写作业、与父母对着干。你觉得自己应该与其他人不同,与所有人都不一样。逃到学校附近的小山坡上,那里一个人都没有,完全自由、敞开又不被打扰。你一躺就是一整个下午,而那已经是秋天。你觉得自己就躺在梵高的麦田里,天空是那种充满忧郁的蓝色,地上的杂草与远处的庄稼金黄一片,晃得人眼睛都睁不开。风吹过的时候掀起一阵一阵起伏的金浪,发出沙沙的响声。

你就躺在上面。那段日子,你也觉得拜伦就蹲在你脑子里写诗。他写康拉德、写哈洛尔德、写曼弗雷德,更多的时候在写奥古斯塔。写到诗意浓烈你就会大声喊出来——

我并不责备或唾弃这个世界

不怪罪世俗对一人的挞伐

若使我的心灵对它不能赞许

是愚蠢使我不曾早些避开它

如果这错误使我付出代价

比一度预料的多了许多

我最后发现

无论有怎样的损失

它不能把你从我的心上剥夺

它不能把你从我的心上剥夺。是的，就是这句话，每次当你喊出这最后一句时，血管就感觉像是要炸开，浑身充满不可战胜的力量。可是那个叫作巴尔扎克的法国老头嫌你们太吵，吵得他无法静心地工作。他找梵高和拜伦理论，依旧不搭理你。理论逐渐变成争论，没完没了的争论，最后他们在你脑子里死死地纠缠在一起。你分不清谁是梵高，谁是拜伦，谁是巴尔扎克老头。你希望他们打起来，然后在旁边静静地守着谁是胜利者。你告诉他们：赶紧打一架吧，打起来，谁是胜利者，我就跟着谁。他们同时都回过头看了你一眼，接着继续吵。

这种争吵先前只是出现在白天，慢慢地开始进入夜里，夜里没吵完就钻进你的梦里接着吵。可是从头到尾他们都只是争吵，最终都没有打起来,就那么无聊又无趣地吵了一整个秋天和冬天。后来,你对他们的争吵失去新鲜感,并略微厌倦,就去了外地上学。那是一座很小的城市,但是它绝对比你见过的所有村子都气派,也都大太多了。你拎着一只破箱子就大摇大摆地闯了进去。举目无亲,一个人都不认识,也没有一个人认识你。他们每天在你身边来来回回地出现,不说一句话,也懒得看你一眼。在他们眼里你只是一个从乡下来的土包子,裤脚上的泥巴都还没甩干净。像你这样的人太多了,他们也见多了,几乎都长着一样的脸,穿着同样土气的衣服。城里人都太忙,他们没有时间也没有精力对你进行辨认和区分。你们活在同一个城里的两个不同的世界——一个是已经具有自我优越感的世界,另一个是正极力追求自我优越感的世界。这两个世界一个在前一个在后,没有交集。而你,也包括你们终其一生都是在从后面一个世界跨入前面那个世界。只是你跨越的过程实在太慢了,走尽了十几个秋天也没有进入摆在前面的那个世界。甚至连一条像样的路都没走出来。你在一条笔直的道路上走着走着就走弯了,用很长很长的时间分别去见了三个不同的男人。

他们不知道你认识梵高、拜伦还有巴尔扎克。否则他们一眼就能认出你,不可能视而不见。肯定还会主动向你打探这三个人的下落。或者说他们自己根本不认识什么梵高、拜伦和巴尔扎克。他们可能认为梵高、拜伦、巴尔扎克和你一样是从乡下来的三个土包子。与你唯一的区别在于他们三个脸上蓄起了浓密的胡子，你脸上只冒着淡淡的桃子毛。

只要一有时间你就会在城里四处乱走，那种乱走还带着跑的姿势，完全没有目的和方向。穿过一条街转入另一条街，拐完一个路口接着拐第二个。穿过行人、小贩、集市，穿过图书馆、体育馆、博物馆，穿过火车站、成人用品店以及那些飘荡着暧昧气息的温州发廊，发廊门口那几条白花花的大腿。你总是忍不住要偷偷地盯着那几条大腿狠狠看一番，又害怕被她们发现而感到难堪。那几条白花花的大腿晃得你挪不开脚，使你忘记了来时的路，也让你找不到回去的方向。她们不知道你心里为此而焦急。而城里的路也确实太复杂了，一条接一条相互连在一起，众多的路口和弯道，如同无数根女人的长发缠在一起。

在你的想象中城里的路都应该是笔直宽阔的，七拐八弯的路只会出现在乡下。可实际上城里的路远比乡下的复杂，远比乡下的稠密。包括至今你都分不清东南西北，更分不清哪条路与哪条路之间存在什么样的关联。一不留神你就走丢了。一次，你陪另一个同乡的孩子去买衣服，从下午一直走到天黑都没找到学校。你们沿着马路一直走一直走，不停地拐弯。穿过那些密密麻麻的建筑，再穿过行人，穿过阳光和风，结果三次都回到了你们买衣服的地方。那个孩子说以后再也不出来买东西，他想回家，他在乡下的老家怎么走都不会迷路。他拿着镰刀去割稻子，在一模一样的稻田里很快就能准确地找到属于他们家的那块。后来，天一黑，他就急得哭出了声音。然后站在路边的梧桐树下喊他的妈妈。所有过路的人都奇怪地看着你们。你也为这种丢人的行为而狠狠呵斥了他一顿。

你对满城的陌生和新鲜都充满了好奇。它们以不同的姿态吸引你。许多近乎弱智的问题都让你觉得深不可测。包括那些竖起的高楼，人是怎么上去的？每天爬那么高的房子累不累？那些楼里装电梯了吗？坐在电梯里又会是什么样的感觉？刮大风的时候那些纤细而又高大的楼房会不会晃动？它们肯定不会像乡下的房子，一到下雨天里面就开始滴答滴答漏水。还有马路上的交通灯，红色代表禁止通行，绿色表示穿过，这些你都知道。可是黄色呢？在你的想象中交通灯只有红绿两种颜色，怎么会多了一个黄色？黄色的灯亮起时是穿过还是停止？你曾经在一段时间内，每到过马路时就感到紧张和恐惧。为了弄明白那个黄色交通灯的作用，你也花了一整个下午，装作若无其事地在路口看行人和车辆怎么穿过马路。它曾经让你陷入尴尬的困惑里面，困扰了你很长一段时间又羞于启齿。

这些不值一提的常识，对于一个只见过手扶拖拉机和破旧瓦房的孩子来说,深奥得新鲜和难过。它们让你觉得自己像个傻子,有种低人一等的自卑感。

穿过三个路口,拐两个弯,经过一个露天广场就到了公园。公园那扇涂满黑漆的铁门敞开,不断有人从门下进进出出。里面种了许多不同颜色、你从未见过的花儿。它们在阳光下娇艳地开着,冒着香气。你站在门口就闻到了。还有被修剪成蘑菇状的植物,它们的枝丫像是砍掉手掌的细小的手臂,一律都朝向天空。你曾经在学校附近的山坡上就是这样对着天空高喊。也有用鹅卵石铺成的小路,凸出犄角的亭子,亭子搭建在水上,水里盛开着美艳的荷花。它们都太招人喜欢了。你在乡下一辈子都见不到的东西,一下子就全都出现在你面前。你迫切想要进去却被一条狗缠住了。一条白色的小狗,毛都卷在一起,像是女人刚刚烫过的头发。脖子上面套着银色项圈,项圈下面还挂了一个小铃铛——戴在婴儿手上的那种小铃铛。它小得可怜,你原本以为它是一只小白猫。在它围着你转的时候才发现竟然是一条狗。它一直围着你打转,闻闻裤脚然后就伸出舌头一直舔你的鞋子,左脚右脚来回不停地舔。你开始对它是充满善意和好感的。它太可爱了,你从来没见过像它那么可爱,那么小巧干净的狗。它的主人在旁边喊它——一个在南方九月天气里穿着长筒皮靴撑着太阳伞的年轻女人。她冲着小狗喊:宝贝儿,你在干吗呢？快点过来，别玩了，我们走啦。小狗朝她叫了两声继续舔你的鞋子。女人又开始喊话，这次脸上泛着微笑：你是不是把他当成爸爸了啊，宝贝儿？快点过来吧，他不是爸爸，爸爸还在上班呢，快过来，到妈妈这儿来。你突然反应过来那个女人是这条白狗的妈妈，有一个男人是这条狗的爸爸，这个男人正在上班所以这条白狗把你当成了它的爸爸——那个正在上班的男人。

这是多么不可思议的事情，一条狗，一只畜生，叫它的主人是爸爸和妈妈，多么荒唐至极啊。你踢开那条狗，你不愿意被一条狗当作是爸爸，即使是认错了你也不能接受。你是一个活生生的人。你还认识梵高、拜伦和巴尔扎克。你无法接受被人认为是一条狗的爸爸。那个女人快速跑到你面前，抱起那条小狗就向你怒吼：你干吗呢？你他妈的有病吧！踢我宝贝儿。你问她凭什么说你像一条狗的爸爸。女人就开始逼近你。你闻到她身上那种呛人的香水味里混合着狗的骚味：说你像它爸爸怎么了？那是看得起你，你知道她多贵吗？踢伤了你赔得起吗？然后把那条小狗搂在怀里仔细检查有没有受伤，轻轻地用手从它的头部一直摸到尾巴。嘴里还细细地说：宝贝儿，别怕，别怕啊，妈妈来了，有妈妈在。临走时不忘对着怀里的狗骂了一句：他妈的神经病，不知道从哪儿来的土包子。

城里的草地修剪得整齐平坦，大片大片的像一张铺在地上的巨大绿毛毯。它们比乡下那些肆无忌惮地疯长的杂草好看。第一次见到它们心情变得莫名地亢奋，接着就是一阵迎面扑来的喜悦和惊奇。夜里没人的时候，月光就变得暧昧和迷人，风也是轻轻地吹过，如同一双女人的手轻轻抚过身体。你按捺不住，偷偷地去上面打了几个滚。它们没有乡下的野草柔软，也不像女人柔软的手，它们一下子就扎到了你。像芒刺一样穿过你的衣服再扎到皮囊上，先是猛烈的刺痛感，然后就开始痒，奇痒无比。你用手不停地挠，用力地抓，表皮抓破了依然停不下来。只要一停下，那种痒就钻进心里。最后浑身爬起一条一条带有血印的伤痕，有的地方还冒着浅浅的血。

你被那些草扎伤了！它们怎么可能扎伤人呢？那么青绿青绿的样子，乖巧并且好看，柔软得一阵风就让它们瘫在地上。是的，你又想到了梵高。你想他应该是被城里的这种草扎过，所以它画麦田和向日葵，一根草都没有。拜伦也应该被城里的这种草扎过，甚至扎跛了他的脚。所以他的诗里面从来没有提到过草。他不断地提起奥古斯塔，不断为奥古斯塔写诗。显然奥古斯塔比城里的这些草温柔，她还有一双属于女人的柔软的手。那种炙热的、烫手的、浓烈得化不开的感情就牢牢拽在她那双柔软的手里面，逃不走也甩不开。那个叫巴尔扎克的老头是这三个人里面最聪明的，他知道城里的这种草跟他浓密的胡子一样带有扎人的成分，所以碰都不碰。

你认为草是一种有害的物质，它不但扎人，还带着蛮横无理的霸道。一次清晨你去乡下的菜地里摘辣椒，在田埂上走着走着就摔倒了。那里长满了野草，一堆一堆紧紧簇在一起。先是把路淹没了，然后把一个人绊倒。你新买的白球鞋上面全是水，糊满了泥巴。另一次，你握着两个硬币去杂货店里买一种叫作"连根死"的除草剂。走在一块稻田面前，一枚硬币就掉进了草丛，后来怎么找都找不到。它们太茂盛，太浓密了。你扒开一块草，里面还是草，再扒开一块，里面依旧是草。那么多的杂草，它不但藏匿了你的那枚硬币，还死命地往稻子里面扎，挡都挡不住。那些稻子一定是像你一样被它给扎疼了，不断往后退，不断躲开它，不断为它腾出空间。把阳光、雨水还有氧分统统都让给它们，让它们抽风似的没了命地生长。最后被一双粗糙的大手连根拔起。

便利店和咖啡馆在你对面，中间隔着一块很大的草地，它就那么霸道地横在你面前，挡着去路。你去买烟，去喝咖啡都要绕开它拐一个大弯。你原本可以直接穿过，那里本来也可以盖一栋很美的房子，房子里面有便利店和咖啡馆。你在里面买完烟，然后去咖啡馆点一杯咖啡，静静地坐在椅子上喝一下午。可是那块地方都给了草，很大很大一片人工栽培的草，甚是壮观。你不得不绕开它们，它们都很娇贵。包括你楼下的空地上，那里本可以栽一株高大的梧桐，还可以种一排干净的百合。你可以看到大片的梧桐叶子在你头顶摇晃，在梦里闻到百合花的清香。可是那里也都铺满了一片片整齐的青草。

你一再认为，你的生活里面长满了各种杂草，四处都可以看到。你认为它们是有害的，可又始终无法离开它们。就像你离不开阳光、粮食和水。

城里的草长得和城里的人一样好看，也和城里的人一样娇惯傲慢。你绕开草地，再避开城里的人，不停地向前走。你反复告诉他们这样一个事实——你认识梵高、拜伦还有巴尔扎克。他们没有一个人相信。一个从乡下来的土包子怎么可能认识梵高、拜伦和巴尔扎克呢？他们都是伟大的人，伟大之上还闪着睿智的光。你不可能认识他们，在他们面前你根本不值一提。你画过一幅成功的画吗？写过一首动人的诗吗？或者说你完成过一篇不咸不淡的小说吗？哪怕只是一个草稿。你说这些你都没有，但是你确实认识梵高、拜伦和巴尔扎克。你每天都听他们说话也不断跟他们说话。他们曾经为了你而争吵，差点打起来。你也是因为对他们那些争吵感到厌烦而丧失了兴趣，来到了城里。可是他们没有告诉你城里的路比你乡下的复杂，没有告诉你城里的狗喊主人爸爸和妈妈，也没有告诉你城里的草会扎人。还是没有一个人相信。这三个人都已经死了一百多年,而你还只是一个连胡子都没来得及冒出来的臭小子。竟然说自己认识梵高、拜伦还有巴尔扎克呢。呵!多么可笑,简直荒唐至极!你不断地努力向所有人证明和解释,背他们的诗和作品,背他们的事迹和背景。最后,所有人一致认为——你有病,一种精神上的病。而得这种病的人通常自己都不知道,更不会承认,只有旁观者才能发现。

从寻找书包的那个夜里开始,你一路不停地向前走了许多年,变换过许多交通工具。随着那辆破旧的火车,又大摇大摆地进入了另一个更响亮的城市。那里有被云雾挡住半个身子的高楼,有比整个村子还要大的商场,还有永不熄灭的光把整个城都照得通亮。你越走越有信心,越走越大胆,也越走越远。你觉得基本上很快就能够走出一条像样的路了。也开始觉得这样行走的速度实在太慢了,完全跟不上你一路飞奔的气势。你决定自己开车,自己控制速度和方向,游刃有余地四处穿行。再后来,你逐渐觉得车子的速度也并没有你想象中的完美,它已经完全跟不上你向前的动力。你频繁赶往各个城市的机场,搭乘不同型号的飞机。你觉得只有用飞这个字,才能适应你的速度,契合你那明亮向上的生活。也就是在这个时候,你认识了三个截然不同的厉害人物——比尔·盖茨、尼古拉斯·凯奇和另一个叫玛丽莲·梦露的妖娆女人——有雪白的大腿、翘起的臀部和丰满的胸。他们频繁出现在你的生活里，出租车上、火车上、地铁上、电影院的海报、影视节目采访、城市广场上的大型液晶显示屏里、报刊的新闻上、手机、电脑以及你住的房子穿的衣服上面统统都有。你觉得他们和城市里的草一样无处不在。他们的表情也全都一样，冲着你微笑时既和蔼又亲切，故作深沉时让你从心底感到无穷的魅力并为之着迷。

在认识他们的时候，梵高、拜伦还有那个叫作巴尔扎克的法国老头一夜之间就从你的生活里死了。也就在那一夜，在所有人眼里你突然变成了一个健康正常的城里人，还是一个时尚有品位的人，有光鲜的工作，强烈的进取心并且一直在追求成功。和所有人一样，认识比尔·盖茨、尼古拉斯·凯奇还有玛丽莲·梦露。谈论所有时髦的热门话题，并滔滔不绝以证明你独特不凡的见识。你真正地融入了一个期待已久的圈子，成为你父母所期望的那种人，成为拥有灿烂优越感的一个人，过着你一度羡慕的生活。

可是，他们所有人都不知道——你病了。这种病只有你自己知道。

2012 年　上海